David Bergelson
Am Bahnhof

Serie Piper
Band 780

Zu diesem Buch

Das Thema des überflüssigen Menschen und des Nihilismus, das die russische Literatur das ganze neunzehnte Jahrhundert hindurch beschäftigt hat, wird von Bergelson in den hier vorliegenden Erzählungen seines Frühwerks fortgeführt. Deutlich ist noch der Einfluß Tschechows zu spüren: Das Leben steht still, Langeweile und fatalistische Passivität haben die kleinen jüdischen Kaufleute und heruntergekommenen Intellektuellen in der russischen Provinz erfaßt. Es gibt keine reinigenden Konfrontationen, Leid wird hoffnungslos und stumm ertragen, wie der hilflose Neid des Armen auf die schöne Frau des Reichen in der Titelgeschichte, der eheliche Betrug in der »gottverlassenen Stadt« oder die verzweifelte Einsamkeit des »Tauben«.

Bergelsons Prosa ist lyrisch, er verfügt über eine breite Skala feiner Abstufungen der direkten und indirekten Redeweisen; und wenn seine Figuren auch sprachlos sind, so reden bei ihm immer noch der Wind, ein Eisenbahnzug oder der Bahnhof selbst.

David Bergelson, geboren 1884 in Ochrimowo bei Uman in der Ukraine, gestorben 1952 in Moskau. Lebt früh verwaist zunächst in Kiew, Odessa und Warschau. 1909 erscheint »Am Bahnhof«, 1913 der als sein Meisterwerk angesehene Roman »Das Ende vom Lied«. Lebt ab 1922 in Berlin, mit Unterbrechungen durch Reisen nach Rumänien, Rußland, Paris, Polen und Kopenhagen. Kehrt 1934 endgültig nach Rußland zurück, ist führend am Aufbau einer sowjetisch-jiddischen Kultur und Literatur beteiligt und einer der meistgelesenen jiddischen Autoren. Nimmt den Stil des Sozialistischen Realismus an und arbeitet nach 1941 führend im antifaschistischen Komitee. 1949 zusammen mit anderen jiddischen Schriftstellern verhaftet und am 12.8.1952, an seinem 68. Geburtstag erschossen. 1961 Publikation und Rehabilitation in der Sowjetunion.

David Bergelson

Am Bahnhof

Drei Novellen

Aus dem Jiddischen von
Alexander Eliasberg

Piper
München Zürich

Die Originalausgabe erschien 1909 unter dem Titel
»Arum vokzal« bei Progress, Warschau.
In deutscher Sprache erschienen die Novellen erstmals 1922 im
Verlag Benjamin Harz, Berlin und Wien.

ISBN 3-492-10780-x
Durchgesehene Neuausgabe April 1989

Umschlag: Federico Luci,
unter Verwendung des Gemäldes »Das alte Rusa« (1913)
von Robert R. Falk
Gesamtherstellung: Clausen & Bosse, Leck
Printed in Germany

Am Bahnhof

Vom armseligen Städtchen her ziehen sich schmale Wege. Sie durchschneiden verschlafene Dörfer, erklimmen stille, grüne Hügel und steigen auf den Grund tiefer Täler herab. In weiter Ferne, am Gipfel eines Hügels, treffen sich alle die Wege und verneigen sich vor dem steinernen roten Bahnhof.

Groß ist der Bahnhof, rot und zweistöckig. Seit vielen Jahren steht er starr und tot da und erscheint der ganzen Gegend als ihr verzauberter Wächter, auf den einmal jemand zum Scherz einen ewigen, melancholischen Schlaf fallen ließ. Der Böse und Unbekannte, der ihn eingeschläfert hat, ist schon längst tot, seine Gebeine sind in der feuchten Erde dunkel geworden, aber der Bahnhof kann sich noch immer nicht vom Schlummer befreien. Schlafend bewacht er die Wege, die sich vor ihm verneigen, die nahen und fernen Hügel und Täler und das durcheinander geworfene Dorf, das in der Tiefe eines länglichen Tales liegt und seit Jahren schon die Abhänge der beiden benachbarten Berge vergeblich hinaufzuklettern sucht. Das Dorf und die ganze Gegend schweigen; also schweigt auch der erstarrte Bahnhof und schaut voller Sehnsucht in die Tiefe der blauen unbekannten Ferne, gleich als ob diese blaue Ferne hier das Wichtigste wäre und als ob nur ihr zuliebe ein starker und stolzer Helfer durch alle die schlafenden Winkel raste, um alles, was hier seit Jahren erstarrt und verschmachtet daliegt, mit seiner Kraft und Macht zum neuen Leben zu erwecken. Die Ferne bleibt aber immer still, immer traurig und ruhig, sie mag nicht länger auf das schlafende Land schauen und ist auch schon selbst schläfrig. Und sie gähnt zuweilen vor Langeweile: Sie sperrt ihren großen, alten, leeren Rachen auf und speit träge einen langen Personenzug aus. Der Zug kommt von weither und bringt dem Bahnhof und der ganzen Gegend eine frohe Kunde. Er will seine Botschaft so schnell als möglich ausrichten, hört aber schon aus dem traurigen Widerhall, den sein lustiger Pfiff hier weckt, heraus, daß die Trauer hier tief und ewig ist. Und er kriecht ganz langsam und entmutigt zum Bahnhof heran und hält unter schwerem und gedehntem Seufzen des befreiten, heißen Bremsdampfes.

Umsonst... alles umsonst... Hin... alles hin... – klingt es aus dem gedehnten Seufzen.

Den Reisenden im Zuge krampft sich das Herz zusammen, und tiefe Trauer weht sie an. Sie stecken ihre unbekannten Gesichter heraus und betrachten schweigend den alten schlafenden Bahnhof. So leer, traurig und langweilig ist es hier. Niemand hat Lust, auch nur ein Wort zu sprechen oder sich vom Ort zu rühren. Und die Fahrgäste schweigen, stehen regungslos da und sehen ebenso traurig und schläfrig aus wie der alte erstarrte Bahnhof. Einige traurige Träumer gehen langsam auf und ab und schauen auf die verschlafenen Reisenden. Sie wissen nicht, woher und wohin sie fahren, wovon sie leben und was sie denken. Darum haben sie Respekt vor ihnen und wollen auch selbst feiner und anständiger aussehen als sie sind. Den Stationsdienern wird es niemals zu dumm, sich zu recken, dem Gepäckträger an der Stationsglocke – seine Brust herauszubiegen, und den jungen Kommissionären, mit ernsten Gesichtern abseits zu stehen und ab und zu eine durchreisende Schöne mit einem Blick zu streifen. Irgendwo auf dem Bahnhofsplatz stehen nachdenklich mehrere Kaufleute. Sie schauen auf den Zug, beißen sich die Bärte und denken an ihre Geschäfte. Und irgendwo steht ein schwarzer, kleiner, immer erschrockener Makler. Auch er schweigt, schaut auf den Zug und ist in ängstliche unsichere Gedanken an einen Jahrmarkt vertieft. Er denkt an den Zug, an die unbekannten, schweigsamen Reisenden, und daß auch er einmal Geld gehabt hat, von dem er heute nicht mehr weiß, wie er dazu gekommen ist und wie er es wieder verloren hat.

Ein ausgedienter, auf einem Auge blinder, grauhaariger Dienstmann sitzt einsam auf einer Bank, klopft mit seinem alten Stock auf den steinharten Boden des Bahnhofsplatzes und langweilt sich. Vielleicht ist er hier der einzige Mensch, der die ihn umgebende Leere fühlt und das Bedürfnis hat, jemand von seiner Armut zu erzählen, von seinem immer offenen blinden Auge, von seinen Kindern, die in Amerika sind, und von seinem Weib, das seit vielen Jahren tot ist. Aber niemand geht auf ihn zu und niemand schaut ihn an. Darum ist er ganz kindisch geworden und unterhält sich mit den toten Schlägen seines Stockes auf den harten Boden. Und wenn er dieses Spieles überdrüssig ist, blickt er mit seinem einzigen Auge auf und sieht, wie Pinje Lissak auf einen fremden Kaufmann zugeht und eine Grimasse macht, als ob er ihn um ein Almosen bitten oder ihm sagen wollte: »Ich bin Pinje Lissak, früher einmal habe ich Geld gehabt, jetzt bin ich Makler... Wollt Ihr vielleicht was kaufen?«

Der fremde Kaufmann schaut ihn aber gar nicht an, und Pinje steht noch immer mit der Grimasse da. Der Zug geht fort. Die Kaufleute schauen ihn aus der Entfernung an, sehen noch immer die Grimasse auf seinem Gesicht und lächeln.

»So wahr ich Jude bin«, beteuert Levi Piwnjak, ein langer, etwas gebeugter Makler mit großen hervorstehenden, lachenden Augen, »er hat schon das Gesicht eines Bettlers.«

Um ihn herum stehen Kommissionäre, Kaufleute und Makler. Sie zeigen ihre von Tabakrauch gelben Zähne und lachen laut. Das Lachen hallt über den leeren Bahnhofsplatz und weckt in jedem von ihnen ein Grauen vor der eigenen Zukunft. Piwnjak allein lacht nicht. Gebeugt und breitbeinig steht er mitten im Kreise, die Hände in die Ärmel gesteckt, den Kopf etwas zur Seite geneigt.

Der Gesellschaft nähert sich mit langsamen Schritten Abramtschik Kaufmann, ein dicker Bursche mit den breiten Schultern eines wohlhabenden Mannes. Er hält die Hände im Rücken unter den Schößen seines neuen Rockes, hat den Kopf vorgestreckt, und auf seinem vollen Gesicht schwebt sein ewiges Lächeln. Es ist ein ruhiges, träges und sicheres Lächeln, das jedem auffällt und das zu sagen scheint: »Glaubt nur nicht, daß ich mich betrügen lasse.«

Die Bahnhofsleute wissen, daß Kaufmanns Anzug viel Geld

gekostet hat; daß sein Vater der reichste und vornehmste Mann des nächsten Städtchens und ein Geizhals ist; daß er selbst Junggeselle ist, eigene Geschäfte betreibt und schon recht viel Geld hat. Abramtschik fühlt sich daher in ihrer Gesellschaft unbefangen und lächelt, während sie ihm auf die breiten Schultern klopfen. Er streift Lissak lächelnd mit einem Blick, hört die Witze an, die man über ihn macht, und sagt langsam und ruhig: »Er hat ja noch einen Marderpelz. Wenn er ihn verkaufen will, zahle ich ihm für den Pelz hundert Rubel bar, und dann ist er wieder ein reicher Mann.« Die Gesellschaft lacht. Piwnjaks lachende Augen zucken und werden plötzlich ernst.

»Was?« fragt er erstaunt: »Du willst seinen Pelz? Ich werde den Kauf gleich vermitteln.«

Und er läuft zum Spaß auf Lissak zu.

Es gibt noch eine andere Seite des Bahnhofs, wo keine Kaufleute herumstehen. Dort sitzen auf ihren Wagen die Kutscher und warten mit übermenschlicher Geduld auf ihre Herren, die mit dem Zug kommen. Wenn der Herr ankommt, steigt er in den Wagen und zupft den Kutscher am Ärmel. Der Kutscher fährt zusammen und zieht den Pferden eins über. Der Wagen beginnt zu rütteln, und der Herr schlummert bald ein. Die Pferde laufen aber schon zwischen den grünen Feldern, den einander überragenden Hügeln und kleinen, grün bewachsenen Tälern. An den Pferdehälsen klingen eintönig die Schellen, und wenn der Herr erwacht, hört er, wie sie den stillen Feldern alles erzählen, was er auf seiner Reise gesehen hat. Er vergißt, daß er nach Hause fährt, und schlummert wieder ein. In einem Städtchen, das irgendwo weit im Tale liegt, schaut nach ihm ein Haus mit allen seinen Fenstern, Zimmern und Bewohnern aus. Und ein kleines Kind läuft dort barfuß herum und prahlt, daß es bald vom Vater ein Geschenk bekommen wird.

Und er sitzt noch immer im rüttelnden Wagen und wiegt sich und schlummert.

I.

Ein warmer Frühlingstag lächelte plötzlich den Bahnhof und seine verschlafenen Kaufleute an und fragte sie in seiner Frühlingssprache: »Soll ich euch ein Kunststück zeigen?«

Der Bahnhof tat so, als ob er es nicht hörte und schlummerte ruhig weiter, aber die Kaufleute erblickten in diesem Lächeln ein Vorzeichen für eine gute Ernte und fürchteten, Geschäfte abzuschließen.

Unter dem verträumten Himmel schlummerten noch die grünen Felder. Über den Feldern erhoben sich nahe und ferne Hügel und lauschten, wie der Wind mit dem Gras tuschelte.

Daß alle Preise sinken werden, raunte der Wind dem Gras zu.

Irgendwo in einem grünen Tale hinter einem stillen Dorf trafen sich zwei durchreisende Kaufleute. Sie machten halt und kamen ins Gespräch:

»Woher fahrt Ihr? Vom Kazebiwker Meierhof?«

»Und Ihr? Wohl vom Edelmann?«

»Woher denn sonst? Habe nur angetippt.«

»Nun?«

»Was, nun? Der Goj bittet, daß man's ihm abkauft.«

»Wieviel Waggons wird er haben?«

»Davon spricht man gar nicht.«

»Das heißt?«

»Was brauchst du zu fragen? Da, schau.«

Und die beiden Kaufleute schauen auf die grünen Felder zu beiden Seiten der schmalen Straße. Die Halme sind ganz mit ihrem Wachstum beschäftigt, sie wiegen sich in frommem Gebet langsam hin und her und wiederholen immer dieselbe Bitte: »Eine gute Ernte... Eine gute Ernte...«

Mitten im Frühjahr hörte es aber ganz zu regnen auf, und das Gras begann zu verdorren.

Als die Kaufleute am Bahnhof von der Trockenheit erfuhren, lag der Staub schon als dichte Schicht auf den Bäumen und Gräsern, trieb mit dem trockenen Wind durch die Luft und verdunkelte das Licht der langen, heißen Sommertage. Die Kaufleute waren bereits verschmiert, verbrannt und beschäftigt. Der Staub lag auf ihren Gesichtern und Bärten und in ihren roten, nicht ausgeschlafenen Augen. Und doch trieben sie sich in der weiteren Umgebung des Bahnhofs umher, fingen einander die Käufer ab, zeigten sich von Zeit zu Zeit am Bahnhof, zankten sich da, verkauften und kauften wieder zurück.

Täglich kamen mit den Zügen Kaufleute aus der Großstadt und machten in allen Ecken Geschäfte mit den verschmierten, sonnenverbrannten Bahnhofsleuten. Auf dem Tritt eines abgehenden Zuges stehend ruft einer von ihnen einem der Bahnhofsleute zu: »Also abgemacht? Dann schickt Ihr es mir morgen zu.«

Der Bahnhofsmensch versucht ihm laut zu antworten, aber die Räder unter den langen, laufenden Wagen dröhnen schon. Er kann seine eigene Stimme nicht hören und nickt nur mit dem Kopf: »Abgemacht, abgemacht.«

Sein Kopf ist noch mit dem Abschluß beschäftigt, aber seine Augen blicken dorthin, wo der Zug verschwindet, wo wilde Winde und Staubwolken dem Zug nachjagen und die Luft und den Himmel verdunkeln. Er fühlt schon, daß jemand bei diesem Geschäft hereingefallen ist, er weiß aber nicht, wer: er, oder der Kaufmann aus der Stadt, den die nebelige Ferne zugleich mit dem Zug soeben verschlungen hat.

Die anderen Kaufleute haben ihn schon umringt und bestürmen ihn mit Fragen:

»Was, verkauft?«

»Wirklich?«

»Wie teuer?«

Der Kaufmann versteht gar nicht, was man von ihm will, und fragt wie aus dem Schlaf: »Was?...«

Als man in der Gegend alles aufgeräumt und nach den entferntesten Gouvernements spediert hatte, wurde es am Bahnhof wieder still und ruhig. Die Makler gingen wieder beschäftigungslos herum und redeten von der unerhörten Mißernte.

Elje Barmherziger, ein langer, hagerer junger Mann, ein *Maskil* und guter Mensch mit zwei Stimmen in der Kehle: einer rauhen, männlichen und einer feinen, weiblichen – hatte in diesem Sommer an die zehntausend Rubel verdient. Jetzt kommt er zum Bahnhof in eigenem Wagen mit eigenem Kutscher und trinkt seinen Tee im Büfett Erster Klasse.

Schlejmke Perel, den man für einen Schwindler hält und der erst vor kurzem geflickte Hosen trug und sich den Tabak für seine Pfeife zusammenbettelte, handelt jetzt auf großem Fuß und kauft und verkauft nur waggonweise.

Chajim Mendel Margulis, ein einfacher Mann, aber »Verschwender« mit aristokratischem Gesicht und aristokratischen Manieren, hat einen so gewaltigen Bankrott gemacht, daß niemand weiß, ob ihm davon etwas geblieben ist oder nicht. Zum Bahnhof kommt er nach wie vor in seinem neuen Phaeton mit einem Paar prächtiger Pferde. Nach wie vor tritt er vornehm auf und hat irgendwelche Geschäfte mit den durchreisenden reichen Gutsbesitzern. Seinetwegen erscheint manchmal auf dem Bahnhof Chananjo Schapiro, ein reicher, breitbeiniger und immer hustender Geldverleiher. Seinen roten, zerzausten Bart streichelnd, steht Schapiro einsam auf dem Bahnhofsplatz herum; die Bahnhofsleute blicken ihn aus der Entfernung an und lächeln. Einmal ist die Gesellschaft besonders gut aufgelegt. Nachdem man Piwnjaks neuen schwarzen Paletot bewundert hat, schickt man ihn zu Schapiro hinüber. Piwnjak geht auf ihn zu und sagt: »Reb Chananjo, Ihr seht mir so aus, als ob Ihr für den Sechzehnten eine Vorladung zum Bezirksgericht hättet. Was ist eigentlich los?«

Die Gesellschaft freut sich königlich und lacht. Der große Bahnhof hört dies Gelächter gleichgültig an und schlummert weiter. Chananjo will etwas erwidern, überlegt sich aber, daß es sich nicht lohnt, hustet und zieht mit der Nase. In seiner Verlegenheit holt er aus der Manteltasche ein durchgeschwitztes zusammengefaltetes Stück Papier, hält es sich ganz nahe vor die großen kurzsichtigen Augen und beschnüffelt es mit der Nase, als ob ihm jemand das Papier zum Scherz in die Tasche gesteckt hätte und er es wie eine gefährliche Bombe anzurühren fürchtete.

Mitten auf dem Platz steht von allen vergessen und verlassen Bejnesch Rubinstein, ein schwarzhaariger junger Mann von mittlerem Wuchs mit niedriger verwachsener Stirn, tiefen, schwarzen Augen und kleiner, spitzer Nase.

Er ist ein *Lamden* aus guter Familie und ziemlich freigeistig. Vor nicht langer Zeit hat er zum zweitenmal geheiratet und zum zweitenmal Mitgift bekommen. Seine kleine, grüne Frau ist die Tochter eines reichgewordenen einfachen Mannes, und er selbst ein Geizhals mit kurzgeschorenen Backen und dem noch aus der Bejß-Hamidroschzeit zurückgebliebenen tiefsinnigen Ausdruck in den Zügen. Er ärgert sich darüber, daß die Kaufleute am Bahnhof ihr Geld verdienen und nur er allein fertiges Brot ißt. Darum haßt er die Kaufleute, grübelt viel und beißt sich die Nägel. Manchmal geht auf ihn Abramtschik Kaufmann zu, klopft ihm auf die Schulter und blickt ihm lächelnd ins verträumte Gesicht.

»Bejnesch«, sagte er zu ihm, »Ihr habt es gut.«

Bejneschs tiefe, schwarze Augen leuchten und lächeln. Er weiß nicht, ob er sich beleidigt fühlen soll oder nicht. Abramtschik hat sich aber schon mit langsamen Schritten, die Hände im Rücken, den Kopf vorgestreckt, von ihm entfernt. Er hat in diesem Sommer recht viel verdient, seinem geizigen Vater eine recht hübsche Summe abgeknöpft und das »Reservoir« am Bahnhof gekauft. Seine Gestalt ist noch stämmiger geworden, sein Gesicht leuchtender und sein Lächeln fauler. Er erwischt Itzek-Boruch, packt ihn an den Händen, und fragt ihn, mit den Zähnen knirschend: »Sag einmal selbst, Itzek, braucht sich ein Mensch noch so abzuplagen?«

Einst haben sie im gleichen *Cheder* gelernt. Itzek setzte ihm damals mit seinen Streichen übel zu: er pflegte ihm das Gesicht mit Ruß zu beschmieren oder ihm an den Rücken einen Zettel mit dem Wort »Narr« anzuheften. Itzek zog später fort und studierte als Externer für das Abitur. Er trieb sich lange Zeit als Externer in den großen Städten herum. Sein jüngerer Bruder war schon auf die Universität gekommen, und Itzek war noch immer nicht fertig. Der Vater – ein Litwak, einer der ersten Kommissionäre – war alt geworden, und Itzek lernte noch. Und als der Vater starb, sagte er der Mutter zuliebe den großen Städten Ade und kam zum Bahnhof. Die Bahnhofsleute haben vor ihm Respekt, weil er großgewachsen, kräftig und hier neu ist und langes Haar trägt und auch weil er in den fernen Städten Revolutionär gewesen ist und mit ihnen allen nicht verkehrt. Er schiebt Abramtschik lächelnd zur Seite und flüstert ihm ins Ohr: »Du kannst einem leid tun, Abramtschik. Bist so gesund und kräftig und doch so dumm.«

Abramtschik hört ihn ruhig an, lacht laut und belohnt ihn mit einem freundschaftlichen Klaps auf die Schulter.

II.

In diesem Sommer baute sich Abramtschik ein Haus.

Er baute ebenso langsam und faul, wie langsam und faul sein verfettetes Gehirn und seine schmelzenden kaufmännischen Gedanken waren. Und doch stand schon um die Mitte *Elul* neben dem Reservoir ein recht hübsches einstöckiges Haus, das mit gleichgültiger Miene sein weißes, plattes Dach trug und mit ernsten Blicken die vorbeifahrenden Wagen betrachtete, als ob es in seiner Fassade statt der vier Fenster vier große, weit aufgerissene Augen hätte. Barfüßige Bauernkinder, die auf der nahen Wiese weiße Gänse hüteten, traten oft vor die offenen Fenster, guckten in die fünf gemalten und tapezierten leeren Zimmer, warfen Steine hinein und lauschten, wie es hallte. Auf dem geschnitzten aber noch nicht fertigen Balkon stand manchmal Abramtschik selbst, die Hände im Rücken, den Kopf etwas vorgebeugt, und winkte lächelnd den vorbeifahrenden Kommissionären und Kaufleuten zu. Die Kaufleute wollten ihm das Haus nicht gönnen, aber der Balkon wurde allmählich doch fertig. Abramtschik veranstaltete nun eine Junggesellenfeier zur Einweihung des neuen Hauses, und aus dem nahen Städtchen kamen geladene und ungeladene Gäste.

Die Gäste – zum größten Teil Mädchen in abgetragenen Hüten – kamen in zwei großen Wagen an; sie fuhren mit Lärm und Geschrei vor das neue leere Haus und blieben in den Wagen sitzen.

Sie schämten sich, von den Wagen zu steigen, weil der Hausherr Junggeselle und ein wildfremder Mensch war. Sie lachten, erröteten und kniffen sich gegenseitig von rückwärts. Schließlich stiegen sie doch von den Wagen und gingen, billige, angeschimmelte Bonbons knabbernd, etwas verschämt auf dem Bahnhofsplatz auf und ab.

Unter ihnen befand sich auch Abramtschiks Schwester, ein langes, kräftiges, etwa siebzehnjähriges Mädel, das beim Sprechen ihre langen, ungewöhnlich großen Hände lebhaft bewegte. Ihr Gesicht war männlich, ihr Gang männlich und alle ihre Manieren waren männlich. Wenn man sie ansah, glaubte man unwillkürlich, daß ihr jemand, als sie noch ein Kind war, Mädchenkleider statt Knabenkleider gegeben hätte, und daß das Versehen früher oder später offenbar würde; dann würde sie ihre langen Zöpfe abschneiden und Männerkleider mit langen Hosen anziehen müssen.

Die Kommissionäre musterten die ungewohnten Gäste, scherzten und rissen Zoten. Bejnesch Rubinstein stand nachdenklich abseits, grübelte und biß sich die Nägel. Es verdroß ihn, daß Abramtschik soviel Mädchen mit gesunden roten Gesichtern zum Bahnhof gebracht hatte. Er erblickte Itzek-Boruch, winkte ihm lächelnd zu und fragte: »Wie denkt Ihr darüber, Itzek?«

Er sprach immer mit halben Worten und begann den Satz in der Mitte.

»Dieses Mädel da«, Itzek zeigte mit dem Finger, »ist hübsch, gesund und rotbackig.«

Er wurde nachdenklich und sprach den Satz langsam zu Ende: »Hübsch aber dumm.«

Ein junger Kommissionär mit dem roten Gesicht eines Fleischers hielt die Mädchen an und versuchte mit ihnen eine Unterhaltung anzuknüpfen. Die Mädchen lachten und stoben verschämt über den großen Bahnhofsplatz auseinander.

»Nun, Itzek?« fragte Rubinstein wieder.

Itzek schwieg aber noch immer. Rubinstein wandte keinen Blick von ihm und betrachtete ihn mit Respekt: so groß und kräftig war er, kam aus einer fremden weiten Welt, und nichts machte auf ihn Eindruck...

»Ihr habt viele gute Eigenschaften«, lobte er ihn und fügte nach einer Weile hinzu: »Ihr haßt doch niemand, Itzek?«

Itzek sah sich um und antwortete: »Ich hasse ihre saure Kohlsuppe, sie sind alle Narren und wissen selbst nicht, was sie wollen.«

Rubinsteins kurzgeschorene Backen wurden plötzlich rot. Er verzog seltsam das Gesicht und lächelte.

»Ach, Itzek!«

Itzek stand aber nicht mehr neben ihm, und Rubinstein fühlte sich plötzlich als ein kleines einsames Geschöpf, das in einem Meer von Haß ertrinkt und das jemand, während es ertrinkt, langsam, erbarmungslos und von Tag zu Tag stärker am Hals würgt. Er selbst weiß nicht, wer ihn würgt und wird es auch niemals erfahren. Ohne es erfahren zu haben, wird er einmal braun und blau werden, eine braune und blaue Zunge herausstrecken und seine Seele ebenso häßlich und närrisch aushauchen, wie häßlich und närrisch er sie einmal in sich aufgenommen und wie häßlich und närrisch er mit ihr sein ganzes Leben gelebt hat.

Und er biß sich noch wütender die Nägel, starrte mit zerstreuten Augen vor sich hin und versuchte im Kopf zusammenzurechnen, wieviel Geld er besaß. Er dachte unwillkürlich an alle die Kaufleute, die in diesem Sommer reich geworden waren, an Chajim Mendel Margulis, der ihm eine hübsche Summe schuldig geblieben war, und auch daran, daß er selbst sich beschäftigungslos am Bahnhof herumtrieb und fertiges Brot aß.

»Ein Bettler«, lächelte er sich selbst zu. »Ist es denn schwer, ein Bettler zu werden?«

Einsam irrte er über den Bahnhofsplatz und ging langsam auf die andere Seite hinüber, wo die Kommissonäre und Kaufleute in die großen Kutschen stiegen, um ihre Nachtquartiere im nächsten Städtchen aufzusuchen.

Aus einer breiten, vollbesetzten Kutsche steckte Piwnjak seinen großen Kopf heraus und rief ihm zu: »Einsteigen, Bejnesch, nach Hause fahren, zum Weib!«

Er rührte sich aber nicht und dachte daran, daß seine Frau klein, grün und dick ist und eine Stülpnase hat; daß sie, wenn sie etwas aus der Speisekammer holen will, auf einen Schemel steigen muß und jedesmal etwas fallen läßt und zerschlägt; daß sie häßlich und krank ist und daß er von ihr niemals Kinder haben wird und immer auf ihr grünes Gesicht mit der Stülpnase schauen muß und sehen, wie sie die Teller und Gläser zerschlägt.

Die Sonne war untergegangen. Groß und tiefrot zeigte sie sich noch einmal am Rande des bewölkten Himmels, entzündete die gelben Blätter an den Wipfeln der einsamen Akazien und verschwand hinter dem fernen, nackten Berg.

»Herr Rubinstein«, wandte sich noch jemand an ihn, »bleibt Ihr die ganze Nacht hier?«

Er gab keine Antwort und starrte zu den drei Droschken, vor denen Pinje Lissak in seinem langen schwarzen Rock einsam herumstand. Pinje hatte kein Geld, und die Kutscher wollten ihn nicht fahren. Elje Barmherziger nahm ihn auf seinen Wagen und setzte ihn neben den Kutscher. Der Kutscher, ein hübscher Bauernbursche, der so schwarze Hände wie ein Schuster hatte, war damit unzufrieden. Er stieß Lissak mit den Ellenbogen in die Seite, sah ihn mit bösen Augen an und knirschte mit den Zähnen. Lissak saß mit gekrümmtem Rücken da, stumm, mit erschrockenem und dankbarem Ausdruck auf dem schwarzen Gesicht.

Der letzte vollbesetzte Wagen war abgefahren. Rubinstein sah die fröhlichen Gesichter der Leute, die als die letzten heimfuhren; er sah, wie der Kutscher die anderen Wagen einholen wollte und auf seine mageren Pferde einhieb; wie der kühle Abendwind dem Wagen nachjagte und den Staub der Stadt zutrieb.

Aus dem Bahnhofsgebäude trat der lange, kerzengerade Gendarm heraus, und die Türe fiel hinter ihm krachend ins Schloß. Es klang, als ob der Bahnhof nicht aus vielen Zimmern und Gängen bestünde, sondern aus einem einzigen, vollkommen leeren Raum. Als der Gendarm Rubinstein so einsam und nachdenklich stehen sah, musterte er ihn vom Kopf bis zu den Füßen und wollte ihm etwas sagen; dann überlegte er sich aber, daß es sich für ihn nicht schickte, und ging stolz und auf alles gefaßt, als ob ihn zwischen den großen, im Winde schwankenden Bäumen die Augen seiner Vorgesetzten beobachteten, nach Hause.

Bejnesch blickte den Wagen nach, die einer nach dem anderen den Berg hinaufkrochen und hinter dem bewölkten Horizont verschwanden, und fühlte sich so furchtbar einsam und von allen vergessen. Er sah das hinter dem Horizont versteckte Städtchen so deutlich vor sich, als ob er selbst dort stünde; er sah die Herde durch die lange schmale Gasse ziehen, die Weiber vor den offenen Türen sitzen, auf ihre Männer warten und über die so früh angebrochene Kälte klagen.

Am Ende der Gasse steht sein Haus. Es ist von einem niederen Zaun umgeben, und an der Tür hängt ein Vorhängeschloß. Wenn er jetzt heimkäme, würde er das Schloß anfassen, durch das geschlossene Fenster in die leere Stube hineinschauen und dann sein Weib suchen gehen. Er würde sie bei ihrem Vater finden. Sie würde sich weder freuen noch trauriger werden, und ihn mit ihrem melancholischen, grünen Gesicht gleichgültig anblicken. Aber die Schwiegermutter würde aufstehen und sagen: »Schau nur, Bejnesch ist gekommen! Geh, Tochter, mach ihm Tee.«

Und sie würden beide nach Hause gehen.

In weiter Ferne hinter dem Horizont liegt aber noch ein anderes Städtchen. Die Nacht hat es eingehüllt. Auch in jenem anderen Städtchen gibt es eine lange Straße, sie ist aber breit und krumm.

In der Mitte jener Straße steht seines Vaters Haus. Es ist alt und schief und hat schiefe Fenster. In diesem Hause ist er geboren, und im nahen Bejß-Hamidrosch hat er seine jungen Jahre verbracht. Sein Vater sitzt jetzt wohl im Bejß-Hamidrosch, und die Leute haben vor ihm Respekt: aus guter Familie ist er – denken sich die Leute – und sein Schwiegervater hat einmal viel Geld gehabt.

Er aber steht am leeren Bahnhof. Er hat kein Heim, und in jenem Hause, an dem das Vorhängeschloß hängt, ist es so leer, so leer...

Bejnesch Rubinstein kehrte seit diesem Tage nie wieder in das Städtchen zurück. In der Nähe des Bahnhofs mietete er sich bei einem Bauern ein Zimmer und nannte es sein »Heim«.

Seiner grünen, kranken, fremden Frau zum Trotz hat er es getan; und auch noch einem anderen schlechten, verhaßten Jemand zum Trotz, an den er gar nicht denken wollte. Vielleicht war dieser Jemand seine mürrische Schwiegermutter, die sein Weib nun aushalten mußte. Aber weder sein Weib noch die mürrische und kranke Schwiegermutter fragten ihn, warum er nicht heimkommen will. So gering war er schon in ihren Augen, daß sie gar nicht merkten, ob er nach Hause kam oder nicht. Darum versteifte er sich noch mehr und schrieb ihnen sogar keine Briefe.

Das Leben am Bahnhof schleicht langsam und langweilig dahin. Jeden Morgen kommen die Kaufleute zusammen. Nach der Mißernte haben sie am Bahnhof nichts zu tun; sie scherzen den ganzen Tag mit den Maklern und begleiten mit den Augen die langen, unfreundlichen Personenzüge. Er geht den Kaufleuten aus dem Weg, weil sie sich alle darüber freuen, daß er sein Geld verliert und eine häßliche Frau hat. So schlecht und verbissen sind sie, verdienen aber alle ihr Geld. Nur er nicht... Darum haßt er sie aus voller Seele und hält sich von ihnen abseits. Und doch kommt ihm der Bahnhof jeden Abend, wenn die Kaufleute nach Hause gefahren sind, noch trauriger und leerer vor. Er irrt einsam über den leeren Platz und fühlt sich gekränkt und von allen vergessen. Er denkt mit Trauer und Ärger an sein leeres Haus, das so einsam zwischen den fröhlichen Häusern des fröhlichen Städtchens dasteht; an das Vorhängeschloß an der Türe und daran, daß er wohl ewig so einsam, traurig und stumm herumirren wird. Die Stationsdiener sind seiner wohl längst überdrüssig. Sie sagen ihm zwar kein Wort, sehen ihn aber, sooft sie an seiner Bank vorbeigehen, so gehässig an, als ob sie fragen wollten: Was sitzt du hier noch immer da?

Selbst der Gepäckträger, der jeden Abend den leeren Bahnhofsplatz kehrt, ist seiner überdrüssig. Was hat er sonst für einen Grund, den Staub ihm gerade ins Gesicht zu fegen und ihn mit bösen Blicken anzuschauen? Es verdrießt ihn, daß der Mensch sich so ohne jede Arbeit herumtreibt, während die anderen Kaufleute zu Weib und Kind heimfahren. Was irrt er hier wie ein Hund umher? – Warum? Wozu? Die Abende sind wie zum Trotz kühl und trüb. Ein stiller Wind zieht traurig durch die dunkle Luft, und die schlanken Pappeln, die im Garten gegenüber wie zwei Reihen Soldaten stehen, regen sich nicht; nur ihre Blätter wenden sich auf die linke Seite um und zittern im stillen Gebet.

Ab und zu kommt zum Bahnhof Abramtschik Kaufmann gelaufen, sieht nach, ob für ihn mit dem Güterzug Bretter und Petroleum angekommen sind, und läuft gleich wieder zu seinem Reservoir zurück. Wenn es draußen finster ist, kann man aus der Ferne seine Fenster leuchten sehen. Und in der Stille und Leere hört man seinen alten Nachtwächter auf den schlafenden hölzernen Zaun klopfen.

Manchmal erscheint am Bahnhofsplatz Itzek-Boruch und fordert jemand auf, mit ihm zum »Pumpwerk« baden zu gehen; der kräftige, kaltblütig leichtsinnige Mensch badet zweimal am Tag, obwohl das Wasser im Flusse schon sehr kalt ist und den Leib wie mit Messern schneidet. Alles, was er verdient, schickt er mit den

Kutschern seiner Mutter in die Stadt; er selbst wohnt in der Nähe des Bahnhofs, verkehrt mit niemand und hat an Wochentagen wie am Sabbat den gleichen Gesichtsausdruck. Bejnesch besuchte ihn eines Abends. Itzek lag auf dem niedrigen Kanapee und starrte zur Decke.

»Ist Euch schwer ums Herz?« fragte er ihn.

Itzek antwortete »nein« und blickte wieder zur Decke hinauf. Bejnesch blieb bei ihm ein paar Stunden sitzen und besuchte ihn von nun an jeden Abend. Itzek schwieg meistens und blickte mit großem Interesse zur Decke hinauf, als ob er in ihrem Dunkel die fernen, großen Städte sähe, in denen er seine Jugend zurückgelassen hatte. Er kümmerte sich nicht darum, daß die Bahnhofsleute viel Geld verdienten und freute sich auch nicht darüber, daß Bejnesch sein Geld verlor. Wohl aus diesem Grunde fühlte sich Bejnesch in seiner Gesellschaft so unbefangen. Er gewöhnte sich auch bald daran, daß Itzek immer schwieg, während er allein redete.

Einmal war es so spät geworden, daß er bei Itzek zur Nacht blieb. An diesem Abend hatte er vor Itzek sein ganzes Herz ausgeschüttet. Jtzek hatte aber wie immer geschwiegen und so ausgeschaut, als ob man gar nicht zu ihm redete. Die Lampe hatte einen roten Papierschirm, und alles im Zimmer war rot: die Luft, die Wände, der Tisch mit dem kochenden Samowar und den Teegläsern, und auch Itzek selbst, der, wie immer, die Hände im Nacken, den Blick unverwandt auf die Decke gerichtet, auf dem niedrigen Kanapee lag. So still war es im Zimmer und so gemütlich, während draußen im finstern Korridor ein junges Schwein grunzte und in einem anderen Zimmer des Hauses der gojische Hausherr auf sein junges, hübsches Weib schimpfte. Und doch nagte ihm in dieser Stille etwas am Herzen, und es tat weh und krampfte sich zusammen. Bejnesch Rubinstein sprach jetzt schon leise, und in seiner gedämpften Stimme klang eine bittere Klage: »Versteht Ihr mich, Itzek? Man stellt Euch hin und sagt Euch: Guck und zerspringe vor Ärger! So ist die Sache.«

In seinen Zügen war sein ewiger Ärger wie zu Eis erstarrt: der Ärger über seine Frau, über die Kaufleute, die viel Geld verdienten, und über sein ganzes Leben, das nicht so verlief, wie es hätte verlaufen sollen, und in dem ihm alles zum Trotz geschah. Seine kleinen tiefen Augen leuchteten und blickten gekränkt und hilflos.

»Auf Schritt und Tritt sieht man solche Schweine wie den Abramtschik Kaufmann, denen es gut geht und die immer lächeln.«

Itzek streckte sich aber plötzlich in seiner ganzen Länge aus, gähnte laut und hielt ihm seine beiden kräftigen Fäuste entgegen.

»Rubinstein, man sagt, daß Eure erste Frau schön und klug gewesen ist.«

Rubinsteins kleine Augen leuchteten stärker. Er wollte sagen: Und jetzt habe ich eine so häßliche und dumme Frau. Er beherrschte sich aber und sagte nichts.

Die hübsche, junge Hausfrau trat ins Zimmer. Sie stellte Stühle vor das Kanapee und richtete mit ihren vollen, bloßen Armen das Nachtlager her. Rubinstein kleidete sich halb aus und legte sich zur Wand. Itzek drehte die Lampe aus, legte sich neben ihn und schlief bald ein. Das Schwein im Korridor verkroch sich in einen finsteren Winkel, duckte sich und grunzte nicht mehr. Plötzlich war alles still und leer. Die schwarze, trübe, kühle Elulnacht blickte durch die kleinen, halbverhängten Fenster herein, zog in die weite Ferne hin und schlummerte. Draußen erschien der Hausherr im Pelz, mit der Laterne in der Hand, und begab sich mit trägen Schritten zur dritten Werst, wo er die ganze Nacht am Bahngeleise Wache stehen mußte. Lange noch sah man das Licht der Laterne zittern – wie ein großes rotes Auge war sie, das sich wohl entfernen oder verstecken, aber niemals erlöschen kann. Und wieder nagte ihm etwas am Herzen, und er dachte an seine erste verstorbene Frau. So schön war sie gewesen, und so sanft, und hatte so schöne, sanfte Gefühle. Und sie hatte ihn, den unschönen, schwarzen Mann mit den kurzgeschorenen Wangen und den abgenagten Nägeln geliebt. Auch er hatte sie wohl geliebt: sonst wäre er nicht, als sie starb, so erschrocken gewesen, wäre nicht auf die Straße gelaufen und hätte nicht so wahnsinnig geschrien, daß alle Weiber zusammenliefen. Ein Mensch schreit nicht ohne Grund, und am allerwenigsten er, Bejnesch Rubinstein. Gleich nach ihrem Tode kehrte er zu seinem Vater zurück, zerriß ihr schönes Bild, das sie ihm in der Brautzeit geschenkt hatte, und stopfte die Fetzen unter irgendeine Tischplatte. Vier Monate später heiratete er aber seine zweite Frau und bekam zum zweitenmal Mitgift. Als er einige Monate nach der Hochzeit mit ihr zu seinen Eltern auf Besuch kam, empfing seine Mutter, eine kluge und feine Frau, die neue Schwiegertochter mit großer Herzlichkeit. Aber seine jüngste Schwester, ein kräftiges Kleinstadtmädel mit einer Warze unter der Nase, brach einmal in Tränen aus und jammerte: »Einen schönen Tausch hast du gemacht...«

Seine neue Frau saß im Nebenzimmer, hörte alles, wurde aber gar nicht böse. So hölzern und leblos war sie. Als man einmal den Tisch umstellte, fielen die Fetzen des zerrissenen Bildes heraus. Seine Frau hob die Fetzen auf und sah sie sich an. Auf einem Stück war nur ein Auge zu sehen, das ruhig und ohne Vorwurf blickte.

»Wessen Bild ist das?« fragte sie.

Er wurde über und über rot, etwas würgte ihn im Hals, er mußte ihr aber antworten. Seine Antwort machte auf die Frau nicht den geringsten Eindruck, und das verdroß ihn noch mehr. Nun wünschte er, daß die Schwester noch einmal in ihrer Gegenwart in Tränen ausbrechen und sagen möchte: »Einen schönen Tausch hast du gemacht...«

Als er eben einschlief, klopfte jemand an ein Fenster in der anderen Hälfte des Hauses. Er fuhr zusammen und schlug die schläfrigen Augen auf. Die Schläge prasselten leise auf die dünne Glasscheibe nieder. Die Scheibe klirrte verschlafen und erzählte etwas der stummen Nacht. Die Nacht schwieg und hörte zu. Etwas später hörte er, wie die Türe im dunklen Flur aufgemacht wurde, wie man dort flüsterte und leise durch den Korridor schlich.

»Dieser Teufel!« murmelte aus dem Schlafe Itzek. Er drehte sich um und drückte Bejnesch an die Wand.

»Wer ist das?« fragte Bejnesch.

»Abramtschik«, antwortete Itzek aus dem Schlaf. »Jede Nacht...« Und er schlief gleich wieder ein, und seine gleichmäßigen festen Atemzüge hallten durch das Zimmer.

Abramtschik? Bejnesch Rubinstein wollte es gar nicht glauben, und seine kleinen tiefen Augen leuchteten im Finstern erstaunt auf. Später wurde es ihm doch klar, daß sich jetzt in der anderen Hälfte des Hauses bei der jungen und hübschen Hausfrau, die erst eben hier im Zimmer gewesen war und mit ihren bloßen Armen die Stühle vor das Kanapee gestellt hatte, Abramtschik befand und er dachte daran, daß dieser satte, immer lächelnde Abramtschik viel Geld, das Reservoir, ein neues Haus und neue Möbel besaß.

»Das Schwein freut sich seines Lebens. Nicht umsonst lächelt er immer!«

Er beneidete ihn nicht, er ärgerte sich nur und biß sich, im Bett liegend, die Nägel.

»Womit hat er das verdient.«

Als er am nächsten Morgen Itzek am Bahnhof sah, ging er auf ihn zu und sagte ihm: »Ihr werdet sehen: dieser Abramtschik wird einmal auch noch eine hübsche Frau haben.« Itzek verstand im ersten Augenblick nicht, was er damit meinte. Dann erinnerte er sich an den nächtlichen Zwischenfall und spie aus.

III.

Pinje Lissak sah sich um, ob ihn jemand beobachtete und verschwand vom Bahnhof. Am Bahnhof hatte er schon sowieso nichts zu tun, redete mit keinem Menschen und hatte vor allen Angst. Die Kaufleute merkten einige Zeit gar nicht, daß sein

Mantel im Bilde fehlte; schließlich vermißten sie ihn doch und wunderten sich: »Was ist mit ihm los?!«

»Man sieht ihn schon eine lange Zeit nicht!«

Nun trat Levi Piwnjak vor und verkündete: »Was, Ihr fragt wegen Pinje Lissak? Er bettelt ja von Haus zu Haus.«

Ein wahrer Teufel ist doch dieser Piwnjak: kein Ding bleibt vor ihm verborgen. Und dabei macht er noch so ein Gesicht, als ob er sagen wollte: »Es ist doch wirklich eine Schande, so etwas nicht zu wissen!«

Und als die naive Gesellschaft ihm noch immer nicht glauben wollte, steckte er die Hände kaltblütig in die Ärmel, senkte den Kopf langsam auf die Brust und rief, ohne jemand anzuschauen, mit lauter Stimme: »Nochum Pjatke! Wo bist du?«

Da erschien ein rothaariger junger Mann mit rundem, rotem Gesicht, verbundener Backe und auffallend blassen Lippen auf der Bildfläche und bezeugte: »Meine Schwiegermutter sah ihn mit eigenen Augen in Odessa. Er geht dort am Liman herum und behauptet, einer von den Kalibeloder Abgebrannten zu sein.«

Piwnjak hüstelte und ging, ohne den Kopf zu heben, langsam fort.

Die Kaufleute waren erstaunt und blickten einander lächelnd in die Augen.

Nun glaubten sie es und stellten sich Lissak mit seinem immer erschrockenen Gesicht vor, wie er sich irgendwo in weiter Ferne herumtreibt, und vor sonnenverbrannten Weibern, die sich täglich mit Moor einreiben, Gesichter schneidet: »Ein Kalibeloder Abgebrannter ...«

Vor ihnen stand noch immer der rothaarige junge Mann mit dem runden Gesicht und den auffallend blassen Lippen und beteuerte: »Soll ich ein so gutes Jahr haben ...«

Allen war es plötzlich so eigentümlich zumute.

Einige Wochen später, nach Abgang des letzten Abendzuges, bemerkte die wie immer gegen Abend zusammengeschmolzene Gesellschaft am Bahnhof Lissaks Weib. Schwanger, dick, mit glatten, roten Haaren, stand sie mit ihrem flachen, bleichen Gesicht zur Wand gekehrt und weinte still in sich hinein. Die Kaufleute wechselten Blicke, sahen ihren Rücken vom Schluchzen zittern, und erinnerten sich, daß ihre Haare vor nicht langer Zeit nach Parfüm geduftet hatten und sie mit Lissak in seinem kleinen Kontor gesessen und sich in die Geschäfte eingemischt hatte. Sie waren gerührt und machten für sie eine Kollekte. Elje Barmherziger sammelte das Geld ein; er lächelte einem jeden mit gutmütigen Augen zu und sagte mit seiner hohen Frauenstimme: »In einem solchen Falle muß man ein Auge zudrücken und geben.« Die Kaufleute fühlten Mitleid mit der Frau und gaben ihr Spenden.

Als man an Bejnesch Rubinstein herantrat und ihn um seinen Beitrag bat, steckte Piwnjak seine Nase hinein und murmelte: »Gebt, gebt. Wenn Euch, so Gott will, dasselbe passiert, werden wir auch geben.«

Die Leute freuten sich über den Witz und lachten. Und Bejneschs tiefe Augen zitterten und begannen zu leuchten.

Was geht ihn dieses aufgedunsene, gebückte Wesen an? *Er* hat ihr doch niemals etwas zuleide getan. Aber er hatte eine Wut auf alle die Kaufleute. Er ging auf Mejer Hecht zu, zeigte auf Lissaks Weib und sagte: »Den Mann dieser Frau haben sie alle zugrunde gerichtet. Ihn haben sie nach Odessa betteln geschickt und nun sammeln sie für sie milde Gaben.« Dann sah er sich gekränkt nach den Kaufleuten um und fragte Hecht mit den Augen: »Ist das schön, was?«

Hecht wandte sein immer in die Höhe gerichtetes Gesicht mit der edelgeformten Nase und den aufgeblähten Nasenlöchern nach der schluchzenden Frau um. Sein Gesicht war immer in die Höhe gerichtet, wie wenn ihn jemand an seinem schwarzen, erst eben sprossenden Bärtchen gepackt hätte und ihn mit großer Liebe fragte: »Sag mir, mein Kind, was hast du heute im Cheder gehabt?« Er war erst vor kurzem aus dem Tschernigower Gouvernement hergekommen, um eine Partie Kleie zu kaufen. Mit den Kaufleuten hatte er wenig zu tun, und sie gaben ihm den Spitznamen »der Festtägliche«. Vielleicht nannten sie ihn so aus dem Grund, weil er immer einen neuen schwarzen Gehrock trug und mit dem Tonfall, mit dem ein frommer Jude am Sabbat die »Sprüche der Väter« rezitiert, zu sprechen pflegte; vielleicht auch, weil sein braunes Gesicht immer einen festlichen Ausdruck hatte und glänzte, wie wenn es mit Seide überzogen wäre.

Dieser Hecht war ein gar wunderlicher Mensch. Er haßte den Handel und die Kaufleute mit allen Kräften seines edlen Herzens und war dabei doch selbst Kaufmann.

Irgendwo im Tschernigower Gouvernement hatte er eine kleine, hübsche Frau zurückgelassen.

Sie schrieb ihm von ihrer Liebe, und er antwortete ihr, daß die Kleie »fest im Preis« stand.

Von den Bäumen fielen die halb gelben und halb trockenen Blätter herab. Im Fallen wandten sie sich einige Male in der Luft und blieben schließlich auf dem Bahnhofsplatz liegen. Und sie fragten bestürzt und vernichtet: »Ist das wirklich das Ende?«

Ihnen antwortete ein Stoß des Besens und ein Hauch des kühlen Abendwindes. Sie rollten weit über die Schienen hin und her. Von den halb nackten Bäumen fielen aber immer neue Blätter herab, und auch sie waren halb gelb und halb trocken. Traurig waren nun die Abende am Bahnhof. Die Leute schämten sich anscheinend zu gestehen, daß sie vor diesen Abenden Angst hatten, flüchteten sich aber vom Bahnhof in ihre erleuchteten warmen Stuben und ließen Bejnesch Rubinstein allein zurück.

Sie tranken zu Hause ruhig Tee, lächelten ihren Hausgenossen zu, hielten ein Kind im Arm, lachten und redeten, um die Trauer jenseits der erleuchteten Fenster zu verjagen. Und die ganze Trauer sammelte sich am Bahnhof an und verbreitete von da aus ihre finstere Herrschaft. Sie kroch zugleich mit dem gleichmäßigen Schienenweg und den hohen Telegraphenstangen die Anhöhen hinauf und blieb mit ihnen irgendwo am

Rande des Himmels stecken. Die Schienen und die Stangen wurden von der sinkenden Nacht verschlungen. Und die Trauer ließ den Lebenden als Andenken eine lange Reihe roter Laternenlichter zurück, die sich zitternd vor der langsam herankriechenden Nacht verneigten. Lange Güterzüge standen am Bahnhof, schwer waren sie und auf jemanden böse. Wenn sie den Pfiff eines verschlafenen, in Pelz gehüllten Rangierschaffners hörten, rückten sie langsam und schwerfällig zurück und blieben wieder mürrisch und schweigsam stehen. Bejnesch Rubinstein blickte auf die Güterzüge und dachte sich: »Vollbeladene Wagen, eine Freude für die Kaufleute, Wagen mit Brettern und Balken für Abramtschik und für viele andere satte Abramtschiks, die auf anderen fernen, traurigen, schlafenden Bahnhöfen sitzen. Die Menschen genießen ihr Leben.«

Außer ihm waren auf dem leeren Bahnhofsplatz noch Jißroel Sasolje, ein rothaariger Dorfjude, der sich ein Vermögen zusammengespart hatte, und ein einzelner verspäteter Bahnhofsgymnasiast. Sasolje sprach zerstreut mit sich selbst und schimpfte auf sich selbst wie auf einen fremden Menschen. Und der Gymnasiast machte dem hübschen Mädchen den Hof, das am Bahnhof Bücher und Zeitungen verkaufte. Vielleicht erzählt er ihr, warum er zu einer so späten Stunde am Bahnhof geblieben war, und vielleicht wollte er ihr einreden, daß sie ihm ihre Liebe schenken dürfe, trotz seiner Stülpnase, seiner zerzausten Haare und seiner großen Glotzaugen.

Es war fad, ihm zuzuhören.

Bejnesch versuchte, in ein Buch hineinzuschauen, es wurde ihm aber davon noch trüber zumute. Einst konnte er tagelang über einem Buch sitzen und lernen, und jetzt...

Wenn er jetzt ein Buch aufschlägt, denkt er an seine Kindheit zurück, an seine erste Frau, die den Kopf gerne an seine Schulter lehnte und mit geschlossenen Augen schweigend dasaß...

Und dann schleichen die Gedanken langsam zu seiner neuen häßlichen, kranken Frau und zu der dicken Schwiegermutter. Er glaubt sogar ihre falsche Stimme hier in der Nähe zu hören:

»Sieh nur, Bejnesch ist gekommen! Geh, Tochter, mach ihm Tee.«

Er will aber an sie nicht denken und begibt sich langsam zu Mejer Hecht.

Auch Mejer Hecht hat einmal viel gelesen und gelernt; heute raucht er nur Zigaretten und grübelt.

»Das Leben«, sagt er, »ist interessanter als jedes Buch.« Sein dunkles Gesicht mit dem Seidenglanz nimmt, wenn er das sagt, einen ernsten und stolzen Ausdruck an, und die Augen erscheinen groß, ungewöhnlich groß.

Einmal erzählte ihm Mejer Hecht eine alte, wunderliche Geschichte von einem Papst, der auf die Natur gezeigt und gesagt hatte: »Das sind meine Bücher.«

Bejnesch mußte an sein eigenes Leben denken, das so finster und armselig war. Es hatte ihn schon beinahe zu einem Bettler gemacht, und bald würde er zum Spott für die Leute werden. Er lächelte bitter und sagte: »Nun, und mein Leben?«

Mejer Hechts Augen wurden noch größer und noch glänzender.

»Und Euer Leben«, sagte er, seine Zigarette rauchend und den Kopf schüttelnd, »und eines jeden Menschen Leben... haha...« Mejer Hecht konnte gut reden: er verdiente viel Geld und hatte eine lebhafte, kleine, hübsche Frau. Als sie einmal bei ihm einige Tage zu Besuch war, lächelte sie ihm fortwährend mit ihren blauen, lustigen Augen zu und spielte mit ihm »Scherenschleifer«. Er patschte so stark auf ihre kleinen vollen Händchen, daß sie höllisch rot wurden. Schließlich lief sie davon und schrie: »Geh weiter, ich mag dich nicht mehr.«

Jeden Abend ging sie mit ihm am Bahnhof spazieren, sah ihm mit ihren lachenden Augen ins dunkle, glänzende Gesicht und erzählte lauter wunderbare und lustige Geschichten, die sich dort, im Tschernigower Gouvernement zugetragen hatten.

Die Bahnhofsleute wandten von ihr keinen Blick und witzelten aus purem Neid: »Klein und hübsch...«

»Was?!...«

Abramtschik erschien in jenen Tagen am Bahnhof in seinem neuen Anzug.

Piwnjak rief ihm sogar einmal zu: »Einen guten Feiertag wünsche ich Euch, Reb Abramtschik!«

Abramtschik wandte sein sattes und volles Gesicht um, lächelte und zeigte auf Hechts Weibchen.

»Willst auch eine solche?« fragten ihn Piwnjaks lachende Augen.

Bejnesch hatte aber große Lust, vor Abramtschik zu treten und ihm zu sagen: »Hecht verdient eine solche Frau, verstehst du? Er ist ein vortrefflicher junger Mann. Aber du, dickes Schwein...«

Er mußte an das Heidenglück denken, das Abramtschik immer hatte, und biß sich wieder die Nägel.

Ihm war ja alles klar.

Alle werden glücklich und schön leben, aber er... Er hat im nahen Städtchen ein Haus, vor dessen Türe das Vorhängeschloß hängt. Dort hat er eine häßliche kranke Frau, die ihm in ihren Briefen schreibt, sie sei wohl und zugleich unwohl; sie sei neulich von etwas heruntergefallen, hätte sich sehr weh getan und hätte die große Suppenschüssel zerschlagen... Und seine Geschäfte... Die Geschäfte?!

Langsam zog sich der Herbst hin. Kurze, dunkle Tage ohne Sonne und ohne Himmel, unendliche Regengüsse, immer neue, schwarze Pfützen. Die Bahnhofskutscher hatten genug zu tun: fortwährend banden sie die harten Pferdeschweife fest, hüllten sich in dicke, nasse Decken und fürchteten die finsteren Nächte wie den Todesengel.

»Man kann gar nicht fahren«, seufzten sie, auf ihre Pferde einschlagend. »Diese Finsternis... Hüh!...«

Und in den kleinen Städten, wohin sie ihre Fahrgäste bringen sollten, trugen die Jungen, wenn sie abends in den Cheder gingen, kleine Laternen in der Hand, beleuchteten mit ihnen den Straßenkot und sangen mit fröhlichen Stimmen: »Siehe, der Hüter Israels schläft und schlummert nicht...«

Hier aber verschlang der Nebel den beleuchteten und nassen Bahnhof und schnitt ihn von der ganzen Welt ab.

Es gab immer weniger Durchreisende, und Bejnesch war es furchtbar traurig zumute.

Mejer Hecht war für einige Wochen verreist. Abramtschik hatte bereits irgendwo eine schöne Braut sitzen und prahlte, daß die Hochzeit schon am Sabbat Chanuke stattfinden wird. Und Itzek? Itzek führte ein seltsames Leben, das ebenso einsam und sinnlos war, wie das Leben in jenen großen und fernen Städten, aus denen er zum Bahnhof gekommen war. Den ganzen Tag hatte er am Bahnhof zu tun, und am Abend nahm er seinen dikken Stock und ging, ohne ein Wort mit jemandem zu wechseln, in das Dorf, das zwischen den beiden Bergen lag und ihre Abhänge hinaufklettern wollte. Zu wem ging er? In diesem Dorf gab es ja gar keine Juden, außer Chajim Mendel Margulis, dem Pächter, der das Gesicht und die Manieren eines Gutsbesitzers hatte und das große, schöne Herrenhaus bewohnte.

IV.

An einem trüben kalten Spätnachmittag sahen die Bahnhofsleute Abramtschik aus einem langen Personenzug steigen. Sie verbrannten vor Neugier, umringten ihn und packten ihn, der eine bei den Schultern, der andere bei den Händen.

»Nun, Abramtschik, wo ist sie?«

Man stieß und schob ihn einander zu. Und er hielt sein Gepäck in der Hand, lächelte und schrie: »Wie sie besessen sind! Wartet nur, habt Zeit...« Die Kaufleute sahen sich um, und wurden plötzlich still.

Ein schöngebautes Mädchen von mittlerem Wuchs stand neben Abramtschik und fragte sie ohne Worte: »Ihr seid also die Bahnhofsleute?«

Sie hatte ein feines hübsches Gesicht und kluge, schwarze, leuchtende und verträumte Augen.

Das war sie, Abramtschiks junge Frau.

Die jüngeren Leute erröteten und kniffen sich gegenseitig von rückwärts. Ein Kniff verirrte sich zu Abramtschik, so daß er aufschrie und sich umsah, bei wem er sich dafür zu bedanken hätte. Alle Kaufleute hatten auf einmal ernste und anständige Gesichter, und ihre Augen glänzten so merkwürdig. Sie fühlten sich anscheinend nicht ganz wohl.

Abramtschik aber wollte ihnen zeigen, wie intim er mit ihr war: er nahm sie am Arm und ging mit ihr nach Hause zum Reservoir.

Die Kaufleute fühlten sich wie erlöst und blickten den Fortgehenden mit freudigen, lachenden Augen nach.

Der erste, der Ernst und Anstand ablegte, war Levi Piwnjak. Er steckte die Hände in die Ärmel und gab sein Urteil ab: »Nicht besonders hübsch, aber auch nicht häßlich. Und ein Paar Augen.«

Jemand anderer fügte hinzu: »Und ein Paar ...«

Das letzte Wort ließ die Gehirne der Kaufleute seltsam erzittern und sie waren alle plötzlich wie benebelt.

»Ein feines Weibchen, aber ...«

»Wie?«

»Was sagst du?«

Man sprach schon mit halben Worten, mit Augenzwinkern und Fingergebärden. Die durstigen Gehirne waren schon berauscht und spannen im Finstern fort, was Augenzwinkern und Gebärden sagten.

»Abwarten!«

Das sagte ein langer robuster Kommissionär mit rotem, fettem, dummem Gesicht und langem nach oben gedrehtem Schnurrbart. Der dumme Ausdruck lag hauptsächlich an der Stelle, die vom langen Schnurrbart verdeckt war. Fremde konnten daher seine Dummheit nicht auf den ersten Blick erkennen und fühlten nur Respekt vor seiner Körpergröße und Kraft. Während seines leeren Lebens hatte er schon viel Geschichten mit ebenso robusten und dummen Frauenzimmern wie er gehabt und war darum stolz und selbstbewußt.

Abramtschiks hübsches Weibchen hatte ihm wohl gefallen, und er prahlte, daß er mit ihr recht bald einen Roman haben würde. Und die Kaufleute glaubten es ihm und beneideten ihn.

Einige Stunden später war Abramtschik schon wieder am Bahnhof. Die Bahnhofsleute stießen ihn wieder hin und her, er lächelte und erwiderte jeden Stoß und jeden Kniff.

Ein ganz junger Bursche mit weichem Flaum an der Oberlippe hüstelte vielsagend, und ein anderer, der älter war und sich für einen »Kenner« hielt, rief laut: »Ich mag keine anständigen Weiber leiden, verstehst du?«

Die Leute fingen zu lachen an, und zugleich mit allen lachte auch Abramtschik selbst, als ob die anständige und hübsche Frau, von der man hier sprach, ihn nicht mehr anginge als die anderen, und als ob nicht er, Abramtschik, sie zum Bahnhof gebracht hätte, sondern irgendein fremder Mensch, der nicht mehr dabei war. Jemand klopfte ihm freundschaftlich auf die Schulter. Durch das Dröhnen des abgehenden Güterzuges hindurch hörte man jemand »Glückspilz« rufen, und es hallte irgendwo in weiter Ferne wider.

»Glückspilz!«

In diesem Augenblick erinnerte sich Bejnesch Rubinstein an die hübsche Christin, bei der Abramtschik einmal nachts ans Fenster geklopft hatte. Seine Augen brannten vor Zorn und fragten: »Habe ich es denn nicht schon vorher gewußt?«

Jemand stand neben ihm, nickte mit dem Kopf und sprach bewundernd: »Hübsch, nicht wahr?«

Jemand anderer runzelte die Stirn und meinte: »Narr, was ist denn das für ein Wunder?«

Die Bahnhofsleute machten großen Lärm.

Sie stießen und schleppten Abramtschik zum Wartesaal zweiter Klasse, wo vor dem mit Flaschen und Gläsern besetzten Büfett der mürrische tatarische Kellner stand; er ergriff gerade irgendeine grüne Flasche.

Klein und häßlich waren sie alle, und auch Bejnesch war

ebenso klein und häßlich wie sie. Er wußte aber nicht, wohin er sonst noch hätte gehen können; also stand er da und hörte Piwnjaks Lachen und noch eine andere Stimme, die den Wert der langen, berauschenden Nacht, die dem satten Abramtschik bevorstand, in Rubeln und Kopeken zu taxieren versuchte und ihm zurief: »Du mußt uns heute freihalten, Abramtschik!«

Am Bahnhofsplatz war es schon kalt und leer. In einer einzigen dunklen Ecke standen noch einige angeheiterte Kaufleute und unter ihnen zwei, die sich wegen irgendeines Geschäfts mit einem Gutsbesitzer zankten.

Der kalte Wind holte ihre abgerissenen Schreie aus dieser Ecke und trieb sie durch die finstere kalte Luft.

»Sollen dich Krankheiten auch nur die Hälfte davon kosten, was ich deinetwegen am Geschäft verloren habe!«

Die lange Reihe brennender Laternen hörte diese Flüche an. In jeder von ihnen zitterte die kleine Flamme und nickte ganz menschlich, als ob sie jemand Unbekannter, der im Finstern stand, verhörte, und sie ihm aussagten: »Wir haben es gehört, wir haben es gehört!«

Jemand trat aus der finsteren Ecke heraus, krümmte sich zusammen und streckte schon aus der Ferne die Hand nach einem Almosen aus. Bejnesch gab ihm nichts. Er wandte sich von ihm ab und fühlte, wie jemand Böser und Trotziger ihn neckte: »Kannst geben, kannst nicht geben. In jedem Falle wirst du einmal selbst ein Bettler sein, Bejnesch.«

Er biß sich die Nägel und ging langsam vom Bahnhof fort. Schwere Gedanken preßten ihm das Hirn zusammen.

Ja, er wird ein Bettler sein, ein melancholischer und immer erschrockener Bettler wie Pinje Lissak. Die Bahnhofsleute werden über ihn ebenso lachen, wie sie über Pinje lachen. Er wird nicht mehr hier sein, er wird sich irgendwo weit von hier herumtreiben, trübsinnig, zerlumpt und von Zorn besessen, während der alte, rote Bahnhof noch immer an derselben Stelle stehen und mit seinen starren, halboffenen Augen auf die ankommenden und abgehenden Züge und auf die geschäftigen und lustigen Kaufleute schauen wird.

Ringsum wuchs die Finsternis an. Schwarz und tief füllte sie die kalte Luft, verdeckte den bewölkten Himmel und verschlang die Häuser, Bäume und Schienen. Jenseits der Finsternis versuchte eine der Reservelokomotiven zu pfeifen; sie brach aber mitten im Pfeifen ab und verstummte mit einem schweren, heiseren Seufzer. Der kalte Wind fing den Seufzer sofort auf, trug ihn zum kleinen Wäldchen südlich vom Bahnhof und rührte die nächtliche Stille auf, die zwischen den schlummernden, entlaubten Bäumen lagerte.

Das Wäldchen mußte für einen Augenblick aufwachen und einen Blick in die Tiefe der schwarzen Nacht werfen; dann schlief es wieder so fest ein, daß es nicht mehr fühlte, wie der kalte Wind es erzittern machte und seine dichtstehenden, nackten Bäume durcheinanderschüttelte.

Rubinstein ging noch immer langsam und nachdenklich auf und ab und war sich fortwährend dessen bewußt, daß er ertrank und mit seinem ganzen Vermögen und Leben zugrunde ging; daß er seit drei Monaten nicht mehr zu Hause gewesen war und seine Frau weder gesehen noch gesprochen hatte.

In der Finsternis hinter seinem Rücken tönte die große Bahnhofsglocke. Sie kämpfte mit dem Wind und erzählte langsam und ruhig von einem langen Zug, der von irgendwo heranrückte und die finstere Nacht durchschnitt. Als Antwort darauf ließ die Finsternis zwei lange, verschlafene Rangierschaffner auftauchen. Beide hielten in den Händen zitternde rotgrüne Laternen, beide schwiegen und fühlten, wie sie der Wind ins Gesicht peitschte. Die Finsternis schien zufrieden damit, daß die beiden unruhigen, langen Menschen endlich aus ihr herausgetreten waren, und wurde noch tiefer und dichter. Kleine Bahnhofshäuschen ohne Lichter, traurig wie die Gräber, standen in einer Reihe; sie wollten schlafen, sie wollten ebenso leicht und ruhig schlummern, wie die müden Menschen in ihnen, aber der kalte Wind weckte sie immer wieder.

Rubinstein langweilte sich in seiner Einsamkeit. Aber links von der Finsternis, wo es außer dem Reservoir kein Gebäude gab, stand abseits und nachdenklich Abramtschiks hübsches, beleuchtetes Haus. Es schien zu fühlen, daß weit hinter seiner steinernen blinden Mauer die schwarze, kalte Nacht lag und sich weit über die erfrorenen Felder, erstorbenen Täler und nackten Hügel hinzog. Rubinstein ging vor dem Hause auf und ab und dachte: »Ein hübsches Haus. Klein und hübsch.«

Ein schmaler Lichtschein drang durch den Laden des ersten der drei Fenster. Die Läden der anderen zwei Fenster waren nicht verschlossen. Dunkel war es in diesen Fenstern. Plötzlich ging ein Zucken durch die dunkle Nacht, und in den beiden Fenstern wurde es auf einmal hell. Rubinstein erblickte Abramtschiks Frau. Sie hielt eine brennende Kerze in der Hand. Zwei Betten, zwei Schränke und zwei Nachttischchen sahen sie stumm und mürrisch an. Sie reckte ihren ebenmäßigen Körper und betrachtete eine Weile die Möbel. Dann erschrak sie vor etwas und wich zurück. Die Kerze entfiel ihrer Hand und erlosch. Im Zimmer war es wieder dunkel. Bejnesch fühlte, wie sein Herz klopfte.

»Soll ich hineingehen?« fragte er sich.

Er schämte sich dieses Gedankens und suchte ihn zu rechtfertigen: »Sie hat sich doch so erschrocken.«

Vielleicht war es ihr vorgekommen, daß dort zwischen den beiden Betten jemand Schrecklicher und Drohender stand. Vielleicht erschrak sie auch vor den Betten selbst...

Im Zimmer war es aber schon wieder hell. Sie stand wieder mit einer Kerze in der Hand in der Tür und blickte mit tiefen erschrockenen Augen in die Tiefe des Zimmers.

Er dachte: »Abramtschik kommt bald nach Hause. Er wird ihr ebenso faul und selbstzufrieden zulächeln, wie damals der hübschen jungen Christin mit den vollen bloßen Armen.«

Jeden Abend stand er vor dem Haus herum.

Finster und kalt waren die Abende und voller Einsamkeit, und der Wind weckte an jedem von ihnen die dunklen Bahnhofsgebäude aus dem Schlaf. Was hatte er an solchen Abenden in der Finsternis, die Abramtschiks Haus einhüllte, zu suchen?

Er hatte ja sonst keinen Ort, wohin er hätte gehen können. Also ging er hier auf und ab und dachte: »Abramtschik ist ein dickes Schwein. Weiß er überhaupt, wie gut er es hat?«

Als Abramtschik einmal länger als sonst auf dem Bahnhof blieb, und die Fensterläden nicht verschlossen waren, blickte Rubinstein durchs Fenster: Er sah eine Frau mit ebenmäßigem, schönem Körper und tiefen Augen, die ab und zu dem Dienstmädel zulächelten. Abramtschik saß aber dort auf dem Bahnhof, spielte Karten mit den Kaufleuten und ließ sich vom mürrischen Tataren Bier einschenken.

Wenn er Rubinstein am Bahnhof begegnete, schleppte er ihn am Ärmel: »Kommt, Bejnesch, ist ja alles eins!«

Abramtschik kitzelte ihn und lächelte ihm zu, und er dachte: »Womit hat Abramtschik das alles verdient?«

Bejnesch ging ins Büfett und trank einige Flaschen Bier. Er war das Trinken nicht gewohnt: vom Bier schwindelte ihm der Kopf, das Gehirn arbeitete schneller, und seine Augen leuchteten noch stärker vor Haß gegen die Kaufleute und gegen Abramtschik. Er blickte den Tataren, der ihm das Bier einschenkte, an und fragte ihn: »Sind die Kaufleute beim Kartenspiel?«

Der Tatar beugte sich zu ihm vor und meldete ernst, wie eine wichtige Botschaft: »Ja, sie spielen im Rauchsalon.«

Er glaubte wohl, daß er, Bejnesch Rubinstein, mit ihnen spielen will und die Kaufleute sucht, die im Rauchsalon spielen. Dumm war wohl der Tatar. Bejnesch trank das Glas auf einen Zug aus und erklärte ihm: »In Geschäften können sie jetzt einander nicht betrügen, denn die Geschäfte liegen still. Verstehst du? Darum betrügen sie sich im Kartenspiel.«

Diese Idee gefiel ihm selbst. Er lächelte dem Tataren zu und sagte noch: »Wenn ein Kaufmann niemand betrügen kann, so ist es für ihn kein Leben. Verstehst du? Und ich zum Beispiel...«

Der Tatar verstand ihn noch immer nicht und war durch seine letzten Worte irgendwie gekränkt. Bejnesch blickte ihm in sein dunkles Gesicht und sah, wie seine Augen sonderbar funkelten und die dicke Unterlippe auf und nieder schnappte.

»Na ja!«

Er winkte ihm mit der Hand ab und ging auf den Bahnhofsplatz hinaus. Sofort umfing ihn eine Kältewelle.

Der frostige Wind tuschelte mit der Nacht von Kraft und Herrschaft, und die tiefe Finsternis verschlang das Getuschel und schwieg. Rubinstein ging und dachte: »Aber zum Beispiel ich...«

Vom Bier schwindelte es ihm. Traurige und lustige Gedanken zogen ihm durch den Kopf, und das Herz fühlte diese Gedanken und war gleichfalls lustig und traurig.

Ihm, Bejnesch Rubinstein, geht es schlecht, sehr schlecht... Aber wenn man es sich so überlegt... Diese Kaufleute... Schlejmke Perel, Elje Barmherziger, Abramtschik Kaufmann und alle anderen, die im Rauchsalon sitzen... Ha-ha-ha... sie tun nichts als einander betrügen... Und er, Bejnesch Rubinstein? ...Er kann nicht betrügen, also muß er etwas anderes tun... Essen muß doch der Mensch. Also wird er Melamed werden, Melamed in einem Dorfe... Ha-ha-ha...

Er lachte und weinte zugleich.

Und doch haben es alle gut... Piwnjak hat seine Freude und auch die Schwiegermutter hat ihre Freud... und sein Weib Frumke... Wie, Frumke?...

Er war schon wieder vor Abramtschiks Haus angelangt, ging auf und ab, blieb manchmal stehen und schaute zum Fenster hinein. Was hatte er, Bejnesch Rubinstein, der Dorfmelamed dort zu suchen? Ja, *sie* war ja dort... Wie nannte man sie am Bahnhof? Klara... Klara saß am Tisch, mit dem Gesicht zum Fenster und las etwas. Warm war es dort im Zimmer und still. Und um ihn herum pfiff der Wind und blies ihm den Frost in Rücken und Nacken.

Tränen standen ihm in den Augen. Vielleicht weil er so lange aus dem Dunkel in ihr Zimmer, auf ihr hell beleuchtetes Gesicht geschaut hatte. Er sah, wie sie aufstand und die Lampe ein wenig herunterdrehte. Ihr dunkles, ernstes Gesicht war ihm so vertraut und so nahe. Ja, nahe. Und er dachte: Dieses dunkle Gesicht kennt er schon so lange, so lange; auch die schwarzen Augen, die so ernst und klug schauen... Und ihre ganze leichte, zierliche Gestalt hat er immer vor sich gesehen und kennt sie seit seiner Kindheit. Brrr...

Es fror ihn, ihn, den Dorfmelamed mit den kurzgeschorenen Wangen und den kleinen tiefliegenden Augen. Ein kalter Schauer drang ihm unter die warmen Kleider und lief über den glühendheißen Rücken. Doch in ihrem Zimmer ist es so warm, still und rein, und sie langweilte sich so... Warum soll er nicht wirklich hineingehen? Einen Vorwand kann er doch finden, einen Vorwand, einen Vorwand...

Er stand schon auf den steinernen Stufen, hielt die Hand am Glockenzug und dachte: »Abramtschik... Abramtschik ist doch nicht zu Hause?...«

Er zog die Glocke und erschrak: »Ist es nicht eine Dummheit von mir? Gewiß ist es eine Dummheit.«

Vor ihm stand das kleine bäuerliche Dienstmädel. Er sah ihr zerzaustes Haar und ihre bloßen Füße. Nun war er schon wieder beinahe nüchtern und dachte: »Ich will fragen, ob Abramtschik zu Hause ist, und dann wieder gehen.« Da stand aber schon an der Schwelle des beleuchteten Zimmers – *sie* mit ihrem dunklen, hübschen Gesicht und sah ihn mit den klugen schwarzen Augen an. Er fühlte, daß er rot wurde und nichts sagen konnte. Wirre Gedanken zogen ihm durch den Kopf, und seine Augen zitterten und leuchteten, sooft sein Blick auf ihr dunkles, ernstes Gesicht fiel.

»Kommt doch herein, setzt Euch«, sagte sie ihm.

Er setzte sich ihr gegenüber und dachte, daß das Lächeln auf seinen Lippen überflüssig ist, daß er schon selbst nicht mehr weiß, wozu er eigentlich gekommen ist.

Und als sie ihn fragte, ob er zu Abramtschik gekommen sei, verbreitete sich schon das Lächeln über sein ganzes Gesicht. Er dachte fortwährend und angestrengt daran, daß er seine Hände nicht auf den Tisch legen sollte, und doch lagen sie plötzlich auf dem Tisch. Er wurde sehr rot und antwortete: »Zu Abramtschik? Nein, das gerade nicht.«

Gleich darauf fühlte er, daß dieses »gerade nicht« überflüssig war. Er wollte es wieder gutmachen und sagte: »Ich komme ganz einfach... Bin vorbeigegangen... Ich bin Kaufmann...«

Als er das sagte, fühlte er, daß er sich immer mehr verwikkelte, daß er errötete und ihn etwas an der Kehle würgte. Und sie saß ihm gegenüber, den Kopf auf beide Hände gestützt, und blickte ihn wie ein müdes kleines Kind an. Sie fragte: »Sind am Bahnhof viel Kaufleute?«

Ihre Stimme klang leise und ruhig. Er erinnerte sich an etwas Wichtiges und nahm sich wieder zusammen: »Ich bin also einer von den Kaufleuten...«

Er fuhr zusammen und erschrak...

Morgen wird der ganze Bahnhof über ihn lachen. Alle Kaufleute, Kommissionäre und Makler werden lachen, weil ihnen ein lustiger Kerl erzählen wird, wie er, Bejnesch Rubinstein, sich an Abramtschiks Frau heranzumachen versuchte.

Er seufzte und sagte zerstreut: »Nicht allen Menschen geht es gut...«

Er sah: sie hob den Kopf, hob die Augen und sah ihn erschrocken an.

»Erzählt, erzählt, wie ist das Leben am Bahnhof?«

Ihr dunkles Gesicht, ihre klugen, tiefen Augen baten ihn darum. Und er vergaß, daß er sie zum erstenmal im Leben sah, und erzählte gekränkt und hilflos: »Nicht allen... Hm... nicht allen geht es gleich... Vor allen Dingen verstehen nicht alle zu leben...«

Er dachte an Abramtschik, Piwnjak, an jenen Kommissionär mit dem langen Schnurrbart und an die ganze Gesellschaft, die jetzt im Rauchsalon saß.

»Nun, wie leben hier die Leute? Wie die Schweine leben sie, wie die Hunde...«

Warum lächelte er plötzlich? Aus Verdruß? Oder weil schon jemand an der Türe läutete?

Am nächsten Abend saß er schon wieder in dem hellen Zimmer ihr gegenüber und fühlte sich heimisch und unbefangen.

Er klagte über den Bahnhof, über die Kaufleute und den Handel.

»Kaufleute, versteht Ihr mich, das ist eine Bande, eine üble Bande... Zuerst erwürgen sie einen Menschen, und dann haben sie mit ihm Mitleid... Sie erwürgen einen... Zum Beispiel mich...«

Ihn hatte man schon so gut wie erwürgt. Wenn er auf die anderen nicht flucht, so fluchen die anderen auf ihn... und wenn er niemanden erwürgen will, so erwürgt man ihn.

So interessiert blickte sie ihm ins Gesicht. Das machte ihm wunderliche Freude, und er blieb diesmal sehr lange sitzen.

Das Leben? Sie fragt, was für ein Leben hier ist? Was für ein Leben kann hier sein? Ein häßliches Leben, ein närrisches Leben. Auch er lebt so wie alle. Gleich wird er ihr erzählen, wie man hier, man weiß selbst nicht wozu, im Schmutz herumpanscht. Soll sie nur versuchen, jemanden davon abzuhalten: er wird sich losreißen und sich gleich wieder in den Handel stürzen.

Gefällt ihr so ein Leben?

Und sie... Er kennt sie ja noch gar nicht, er sieht sie erst zum drittenmal... Aber andererseits kennt er sie doch, er sieht, er versteht: sie hätte nicht zum Bahnhof kommen sollen. Diese Menschen, die nicht an sich, sondern nur an ihr Geld denken, sind nichts für sie... Das versteht sie wohl auch selbst...

Es fiel ihm ein, daß es sich nicht gut machen würde, wenn Abramtschik ihn hier wieder anträfe, und stand auf.

Nun geht er heim. Er hat hier gleich in der Nähe sein »Heim« – ein kleines Stübchen in einem Bauernhaus...

Oft kann er gar nicht einschlafen. Liegt die ganze Nacht da und denkt, wie schlecht die Kaufleute sind... Er denkt, wie er vor den Kaufleuten und vor sich selbst entfliehen soll...

Er hat auch eine Frau im nahen Städtchen. Klein ist sie, grün und kränklich... Er hat sie seit drei Monaten nicht gesehen, hat ihr sogar keinen Brief geschrieben, und das rührt sie gar nicht. Ob sie das verstehen kann? Die Frau macht sich nichts daraus...

Der Bahnhof und die Kaufleute interessierten ihn nicht mehr. Ihn interessierte es nicht mehr, daß Abramtschik jeden Augenblick heimkommen konnte, und nicht einmal das, daß sie, die Schöne und Verträumte, an ihn dachte. Er ging langsam nach Hause, verschmolz mit der tiefen Finsternis der Nacht und dachte: »Seit drei Monaten habe ich sie nicht gesehen, ihr nicht einmal geschrieben, und sie macht sich nichts daraus...«

V.

Elje Barmherziger erzählte Bejnesch mit seiner dünnen Frauenstimme: »Eure Schwiegermutter hat mich neulich auf der Straße angehalten und gefragt, wie es den Kaufleuten geht, wie man hier verdient und ob Ihr etwas verdient. Sie muß es wissen, hat sie gesagt.«

Sie hat sich nach allem sehr vernünftig und eingehend erkundigt, und in jedem ihrer Worte hat die geheime Absicht gesteckt: »Seid so gut und sagt ihm, daß er nur dort bleiben soll, wo er ist.«

Und doch mußte er, Bejnesch, lächeln und lächelnd für den Gruß danken. Was ist sie doch für ein gemeines Geschöpf, die Schwiegermutter; sie weiß sehr gut, daß er sein Vermögen beinahe aufgezehrt hat, und fragt noch: »Verdient er etwas, mein Schwiegersohn?«

Er hat sie alle ordentlich satt: die Schwiegermutter, die Kaufleute und die Geschäfte. Wenn er will, spuckt er auf alle und wird Melamed in einem Dorfe.

Und doch biß er sich aus Verlegenheit einige Stunden die Nägel, ging planlos am Bahnhof auf und ab und begab sich schließlich zu Itzek-Boruch. Er sah lange zu, wie Itzek einen Kinderschlitten zimmerte, dachte an seine Lage und auch daran, mit welch großer Liebe Itzek an dem Schlitten arbeitete; alle paar Minuten wischte er sich den Schweiß von der Stirn und machte sich gleich wieder an die Arbeit. Er stand plötzlich auf, berührte Itzek an der Schulter und fragte: »Wie, glaubt Ihr, Itzek, wird man mir im Dorfe zwanzig Rubel monatlich geben?«

Itzek ließ seine Axt in einem Holzklotz stecken und warf ihm einen so seltsam warmen Blick zu. So warm hatte ihn Itzek noch niemals angeschaut. Ihm traten sogar Tränen in die Augen, und sein Herz fühlte sich zu dem kühlen, kräftigen Burschen hingezogen, der schon wieder den Kopf gesenkt hatte und an dem Schlitten arbeitete.

Was brauchte er so einen Kinderschlitten?

Es lohnt gar nicht, ihn danach zu fragen.

Als er aber einmal an einem trüben frostigen Sabbatnachmittag unten am zugefrorenen Teich am Pumpwerk vorbeiging, sah er, wie Itzek, in den Schlitten eingespannt, Chajim Mendel Margulis' neunzehnjährige Tochter auf dem Eis herumschleppte.

Es war ein seltsamer Anblick.

Am Bahnhof erzählte man sich sogar, daß Chajim Mendels Tochter in Itzek verliebt sei; darum ginge er auch jeden Abend ins Dorf, das sich bemühte, auf die beiden Berge hinaufzuklettern. Und doch war die Sache seltsam und unverständlich. Die Kaufleute kratzten sich hinter den Ohren und fragten sich: »Soll die Sache so einfach sein?«

Der Vater, Chajim Mendel Margulis mit seinem Gutsbesitzergesicht und den Gutsbesitzermanieren, war ja immer in seine Gutsbesitzergedanken vertieft, redete am Bahnhof mit allen durchreisenden, vornehmen Herren und bemerkte Itzek gar nicht.

Bejnesch wurde auf Itzek aufmerksam und dachte einige Tage hintereinander: Dieser Itzek zum Beispiel ist ja ein kräftiger und hübscher Bursche, kennt kein Leid, ist in eine merkwürdige Welt vertieft, in eine Welt ohne Kaufleute, liebt das Leben mit einer eigenartigen Liebe und braucht kein Geld. Und die Kaufleute haben vor ihm Respekt, und Margulis' neunzehnjährige Tochter mit den blonden Haaren und den blauen, lachenden Augen, die auf ihn mit so wilder Freude und Leidenschaft blikken, hat ihn lieb. Und er, Bejnesch?

Er hat ein kleines Gesicht, schwarze, kurzgeschorene Haare, eine spitze Nase und kleine, immer leuchtende Augen. Und wenn seine Augen noch so sehr weinen wollen, müssen sie doch lächeln, wenn ihnen jemand zulächelt.

Denn er ist ein geringer Mensch, der immer Dummheiten macht, der eine häßliche kranke Frau geheiratet hat, damit die Leute über ihn lachen, damit er sich einsam und überflüssig am Bahnhof herumtreiben muß. Er verdient ja kein Geld und muß den Gruß seiner Schwiegermutter anhören: »Verdient er etwas, mein Schwiegersohn?« Und womit soll das enden?

Er pflegte abzuwarten, bis Abramtschik mit den Kaufleuten wieder am Kartentisch saß, und begab sich zum Reservoir. Was hatte er dort zu suchen? Wollte er sie, Klara, sehen? Was hatte er davon? Konnte er dabei Geld verdienen?

Es war ihm aber so furchtbar traurig ums Herz, und es gab hier keine Menschen außer Itzek, der auf dem Teich am Pumpwerk Margulis' neunzehnjährige Tochter im Kinderschlitten herumzog, und außer den Kaufleuten, die mit Abramtschik Karten spielten und über ihn, Bejnesch, lachten, weil er eine so häßliche, kranke Frau hatte, sich ohne Beschäftigung am Bahnhof herumtrieb und fertiges Brot aß.

Manchmal ging sie vorbei, blieb stehen und sagte: »Kommt doch zu uns herein.«

Sie hatte wohl vor etwas Angst, denn sie fügte jedesmal hinzu: »Es ist doch so langweilig...«

Und er besuchte sie, saß am Tisch ihr gegenüber, trank langsam Tee und redete ununterbrochen mit der schwachen, stillen Stimme eines Hilflosen und Schuldbeladenen: Wenn er ihr das letztemal etwas gesagt hat, was er nicht hätte sagen sollen, so möchte sie es ihm nicht übelnehmen... Es ist so schwer zu schweigen... Das muß sie doch selbst verstehen... Es kann ja so leicht vorkommen, daß man ein überflüssiges Wort sagt...

Da sie ihn mit stummen, freundlichen Blicken ansah, und aufmerksam und teilnahmsvoll jedem seiner Worte lauschte, schluchzte in ihm das Herz, und er beneidete den satten, lächelnden Abramtschik, der so leicht und sicher den Schaum vom Leben abschöpfte und dabei immer mit demselben satten, faulen Ausdruck lächelte. Ja, soll sie es nur wissen!

Er will nicht, daß sie ihm etwas übelnimmt... Seine Frau und Schwiegermutter nehmen ihm schon ohnehin vieles übel. Die Kaufleute und Kommissionäre hassen ihn und lachen über ihn... Sollen sie nur! Soll aber wenigstens ein Mensch ohne Haß an ihn denken.

Und doch... Er kann sich erinnern, daß es Menschen gab, die ihn liebten. Es ist schon lange her, aber es gab solche Menschen. Er erinnert sich an die Augen seines Rebben, die jedes Kind mit Haß und Zorn ansahen und nur auf ihm allein lächelnd ruhten und ihm dankten, weil er seine Thora so gut wußte. Und er kann sich noch an einige alte Juden mit grauen Bärten und strahlenden Gesichtern erinnern, die sich über ihn wie über einen Großen freuten... Und noch... ein alter Mann, Mejsche-Aaren der »Enkel«, ein böser, ruheloser und immer hustender Mensch, der aus lauter Bosheit Weib und Kinder von sich gejagt hatte und an nichts glaubte, redete mit keinem Menschen ein Wort außer mit ihm, und erzählte nur ihm allein, wie tief und stark er die Menschen haßte...

Und sogar später, als er schon erwachsen war und seine erste Braut besuchte... Aber was soll er es erzählen! Das interessiert sie wohl gar nicht, er will davon lieber gar nicht sprechen.

Sie schien etwas verschämt und errötete.

Warum glaubte er, Bejnesch, daß es sie nicht interessiert?! Er möchte ihr glauben, daß sie ihn versteht... So gut versteht sie ihn. Vielleicht kann sie sogar mit ihm mitfühlen. Nun will sie ihm etwas erzählen – vielleicht soll sie es gar nicht... Sie hat an ihn am letzten Abend gedacht, und auch an einem früheren Abend. Sie saß ganz allein zu Hause und hörte die Uhr ticken und den Wind an den Fensterläden rütteln... Es war ihr so trüb zumute... Aber es ist gar nicht das, was sie ihm erzählen will. Er – er hat doch so viel in seinem Leben durchgemacht.

Was, er will schon gehen? Hat er denn Eile? Es sind so lange kalte, trübe Abende... Und er kommt so selten! Hier ist es doch gewiß gemütlicher, als in seiner Bauernstube... Vielleicht mag er aber nicht bei ihr sitzen? Soll er es nur sagen, sie wird sich nicht beleidigt fühlen.

Weiß er vielleicht, wo Abramtschik jeden Abend steckt? Er kommt doch oft auf den Bahnhof. Man sagt, daß er dort ganze Nächte hindurch Karten spielt. Ist es wahr? Das muß er doch wissen.

Sie wollte mit ihm noch von einer anderen wichtigen Sache sprechen, aber das eilt nicht... Er wird wohl in den nächsten Tagen wiederkommen, dann wird sie mit ihm sprechen. Gute Nacht, gute Nacht.

Er ging langsam, den Kopf auf die Brust gesenkt, fort und dachte: Mußte er die kranke und grüne Frumke heiraten, die nichts anderes kann, als Teller und Gläser zerschlagen, und Abramtschik – die Klara, die so kluge Augen hat und...

Und am Bahnhof erzählt man sich, daß sie eine ganz nette Mitgift mitbekommen hat...

Und von ihm sagt man...

Ach, hätte er so eine Frau gehabt, so hätte er jetzt mit ihr in einem kleinen warmen Zimmer gesessen, hätte gehört, wie der Wind zornig an den Fensterläden rüttelt, und ihr erzählt, wie er einmal bei solchem Sturm auf dem Heimwege vom Cheder allein durch die enge Bejß-Hamidrosch-Gasse ging und hörte, wie in der Weiberschule jemand leise an die Fensterscheibe klopfte. Er hätte ihr auch erzählt, wie er einmal für drei Kopeken allein nachts auf den Friedhof gegangen war... An Geld würde er gar nicht denken.

VI.

Hart zusammengetretener und stellenweise dunkler Schnee bedeckte die erstarrte Erde und verhüllte sie vor den Menschenaugen. Der Schnee lag auf den Hügeln, die sich um den Bahnhof erhoben, und in den einsamen Tälern, in die sich manchmal ein einsamer Wagen, die zitternden Töne einer alten Messingschelle um sich werfend, hinunterließ. Grauer Nebel breitete sich in der Luft aus, die erfrorenen Bäume bückten sich wie alte Leute und hingen mit ihrer ganzen Last tief über der Erde.

Bejnesch saß, in den Pelz gehüllt, im tiefen Schlitten und sah den offenen Mund des Kutschers, der den Kopf nach ihm umgewandt hatte. Aus dem Munde stieg bleigrauer Dampf auf und kamen abgerissene Worte, die im Fluge einfroren.

»Dieser Monje Drell... gar kein Narr... Erst vor einem Jahr Bankrott gemacht... und schon... wieder auf den Beinen... Hat sich ein Haus gebaut... in Setrenitz, gegenüber der Post... einen Hof... hat schon wieder mit der Zuckerfabrik zu tun... beim Grafen die Mühle gepachtet... gar kein Narr... so wahr ich Jude bin... Hü!...«

Zu diesem selben Monje Drell fährt er jetzt. Erst im vorigen Jahre hat er von ihm für Wechsel im Betrag von achthundert Rubel nur zwanzig Prozent bekommen. Jetzt, wo es Monje so gut und ihm nicht am besten geht, wird er von ihm vielleicht noch etwas bekommen. Monje gehört zwar nicht zu den guten... Ihm jetzt mit Ansprüchen kommen, ist wohl vergebliche Mühe, aber vielleicht... Wer weiß... Daß es der Kutscher Schlemje Lipp nur nicht am Bahnhof erzählt...

Eintönig klangen die Schellen und erzählten immer dieselbe traurige lange Geschichte; die Geschichte von einem fernen, verlorenen Winkel, wo ewiger Winter herrscht, die Geschichte von hohen Schneebergen, die dort unter ewigem Nebel schlummern und niemals aufwachen.

Hier und da kamen dem Schlitten in dicke Pelze gehüllte Menschenwesen entgegen. Sie fühlten gar nicht, wie sich der Raureif auf ihre Bärte und Brauen legte, und schlummerten im Gehen. »Aus dem Weg!« rief ihnen der Kutscher zu. Seine Stimme erreichte aber ihre Ohren nicht: sie erfror sofort und blieb dicht vor der Nase des Kutschers in der Luft hängen.

In der Ferne, am Abhang des breiten Berges am Horizont, zeigten sich schon die Umrisse von Groß-Setrenitz. Zuerst sah man den großen, hohen, geraden Fabrikschornstein tief im Nebel ragen. Dann die Spitze der einsamen, verträumten Kirche, Telegraphenstangen und eine ansehnliche Menge niedriger schneeverwehter Dächer.

Monje Drells achtzehnjährige Tochter empfing ihn im halbdunklen Korridor und sagte: »Vater ist jetzt in der Zuckerfabrik. Von dort wird er wohl noch zur Mühle fahren und erst am Abend heimkommen.«

Bejnesch wollte erwidern, daß er nicht gut warten könne und, da er schon einmal da sei... Unerwartet kam ihm aber ein gleichgültiges »Na ja« von den Lippen, und er lächelte. Er errötete und fühlte, wie sich sein Herz kränkte.

Was bedeutet dieses »Na ja« und was nützte ihm das Lächeln? Das Mädel stand aber noch immer vor ihm und wiederholte: »Er wird also erst am Abend heimkommen. Ihr könnt inzwischen hier warten.«

Sie machte vor ihm eine Tür auf und verschwand.

Er dachte: Wenn Itzek-Boruch hergekommen wäre, so wäre das Mädel gewiß nicht so schnell verschwunden und hätte ihn wohl nicht mit solchen Augen angesehen, die zu sagen schienen: »Nun, schneller, macht keine langen Geschichten und sagt, was Ihr wollt: fortgehen oder warten?«

Er setzte sich und sah sich um.

Ein hübsch möbliertes Kabinett, ein marmornes Schreibzeug mit einem Mops, der sich anschickte, mit hocherhobenem Schweif zu wedeln; an den Wänden Bilder in breiten Goldrahmen. Das alles war vielleicht für sein Geld gekauft... Wer weiß? Und doch sitzt er neben diesen Dingen wie neben fremdem Eigentum und fürchtet, sie auch nur anzurühren!

Vielleicht ist auch das ganze Haus mit den gemalten Decken für sein Geld erbaut worden; jedenfalls hat er einen großen Anteil daran.

Und doch, möchte er nur versuchen, sich an den Tisch anzulehnen, möchte er nur versuchen, sich aufs Kanapee zu legen und die Beine auszustrecken...

Im Nebenzimmer klangen mehrere Stimmen. Sie flossen zeitweise zusammen und führten zeitweise Krieg gegeneinander.

Einige Mädchen stritten wohl wegen etwas. Es schien ein vernünftiger Streit zu sein. Eine rauhe Männerstimme versuchte eine feine Mädchenstimme zu überreden und erklärte: »Euer Vater hat zum Beispiel einen Laden. An jedem Arschin Ware verdient er zehn Kopeken. Und da er die Ware nicht selbst hergestellt hat, so gehören diese zehn Kopeken eigentlich dem Arbeiter; das heißt, Euer Vater lebt auf fremde Kosten.«

Sofort erklang die Stimme der achtzehnjährigen Tochter Drells und bekräftigte: »Selbstverständlich, gewiß!«

Bejnesch ging auf den Zehen zu der verschlossenen Türe, die ihn von jenem Zimmer trennte und lauschte.

Die männliche Stimme ließ sich wieder vernehmen und versuchte die aufgeregten Mädchenherzen zu beruhigen: »Nun will ich Euch ein anderes Beispiel anführen...«

Vielleicht war es ein Hauslehrer, ein alter Junggeselle mit hoher Stirne und kahlen Schläfen, ein gelehrter Mann, der es vermied, den Mädchen in die Augen zu schauen, und fortwährend seine Brille zurechtrückte. Vielleicht war Drells Tochter für diesen Mann begeistert, vielleicht gefiel er ihr mit seinen kahlen Schläfen und dem roten Streifen, den die Brille auf seiner Nase wundgerieben hatte. Das war vielleicht der Grund, warum sie, so oft er etwas sagte, begeistert einfiel: »Selbstverständlich, gewiß!«

Das Mädel ärgerte ihn, seine Augen begannen zu lächeln: »Nun, und ihr Vater... und sie selbst...«

Er biß sich schon wieder die Nägel: »Der Teufel hole sie... Man raubt, man stiehlt, man mordet, man kauft sich für fremdes Geld Kleider, und dann sitzt man in einem warmen Zimmer mit gemalter Decke, schaut einem geliebten Mann in die Augen und sagt: Du arbeitest nicht und lebst... Folglich lebst du auf fremde Kosten...«

Die männliche Stimme sprach aber ruhig weiter: »Der Kapitalismus, versteht Ihr mich...«

Bejnesch erinnerte sich, wie ein junger Kommissionär, der irgendwo irgendwas aufgeschnappt hatte, zum Bahnhof gekommen war und Abramtschik gefragt hatte, wie ein Kapital entstehe. Abramtschik hatte ihn wie einen Verrückten angeschaut, und Piwnjak hatte die Achseln gezuckt und gesagt: »Narr, was ist das für eine Frage? Man heiratet, bekommt Mitgift, und so kommt man zu einem Kapital.« Wieso entsteht aber in Wirklichkeit das Kapital? ... Er, Bejnesch, kennt sich darin doch sicher nicht weniger aus als jener Mann, der hinter der Türe mit den Mädchen sitzt. Jener ist doch nicht klüger als er, außerdem hat er ja auch ein eigenes Kapital gehabt, das er nicht mehr hat.

Monje Drell kam gegen Abend nach Hause. Einige Kinder liefen ihm entgegen, begrüßten ihn und erzählten: »Vater, dort im Kabinett wartet jemand auf dich.«

Etwas später brachte man ihm eine Lampe, stellte sie auf den Tisch und schloß wieder die Türe.

Irgendwo im Eßzimmer trank man indessen Tee und klapperte mit den Löffeln. Warum läßt ihn Monje so lange warten? ... Er könnte doch hereinkommen und wenigstens ein Wort sagen... Monje Drell ist aber schon einmal so... Viel Überflüssiges hat er in seinem Leben getan, und doch liegt in jeder seiner überflüssigen Handlungen irgendeine Absicht... Obwohl er auf beiden Ohren gut hört, pflegt er sich schwerhörig zu stellen, ein Ohr zum Sprechenden zu neigen und immer wieder zu fragen: »Wie?«

Endlich kam Monje Drell und fragte: »Was wollt Ihr mir sagen?«

Sein gerades hartes Bärtchen sah so aus, als ob es erst eben zugestutzt worden wäre, und er selbst hatte eine Miene, als ob er ihn, Bejnesch, zum erstenmal im Leben sähe.

Bejnesch errötete, hüstelte und sagte: »Ihr versteht... Vor einem Jahr... Vor einem Jahr...«

Er fühlte schon, wie zwecklos es war, vor diesem Blutsauger zu sitzen. Es war auch so schwer, mit ihm zu sprechen... Drell sah ihn ruhig an, wandte ihm immer sein angeblich taubes Ohr zu und fragte: »Wie?«

Bejnesch erzählte ihm, daß er es schlecht, sehr schlecht habe, daß er zugrunde gehe, daß er ertrinke; da er von ihm schließlich doch noch siebenhundert Rubel zu bekommen hat, so bittet er ihn... Erzwingen kann er wohl nichts, aber bitten kann er doch...

Drell saß mit ernstem Gesicht da, als ob Bejnesch das Geld gar nicht von ihm, sondern von jemand anderem zu bekommen hätte, als ob er ihm als guter Freund zuhörte und sich überlegte, auf welche Weise er Bejnesch zu seinem Gelde verhelfen könne.

»Herr Rubinstein«, sagte ihm Drell leise und bedächtig. »Ihr seid doch ein verständiger junger Mann. Ihr versteht wohl auch selbst, daß ich anständig leben muß. Ich bin schon dieses Leben gewohnt: meine Frau muß jedes Jahr ins Ausland reisen, denn sie ist, nicht auf Euch gedacht, krank, sie hat ein Leberleiden. Meine beiden Söhne muß ich in einer großen Stadt erziehen lassen... Sie kosten mich sicher hundertfünfzig Rubel monatlich. Für die anderen Kinder muß ich mir einen Hauslehrer halten. Dieser Lehrer, beispielsweise, kostet mich achtzig Rubel im Monat außer Kost und Wohnung. Wir alle müssen uns auch anständig kleiden, es geht doch nicht, daß die Leute über uns lachen. Oder zum Beispiel ich selbst: ich komme viel mit Menschen zusammen, ich hänge vielleicht ganz von Menschen ab, also muß ich anständig auftreten und eine anständige Equipage haben.«

»Hört, Herr Rubinstein: wenn mir zuletzt noch etwas Geld bleiben wird, so werdet Ihr der erste sein, den ich mit Dank bezahlen werde. Versteht Ihr mich? Manchem anderen werde ich vielleicht nichts zurückzahlen, aber Euch, Euch...«

Im finsteren Korridor stand aber schon der Kutscher Schlejme Lipp und schrie: »Dieser Nichtstuer! Wie er sich hier festgesetzt hat. Einen ganzen Tag muß ich für einen einzigen Rubel auf ihn warten!«

Bejnesch dachte: »Ach, dieser Schlejme Lipp! Daß er es nur nicht am Bahnhof erzählt...«

VII.

Das war so eine Geschichte.

Zusammen mit Schlejmke Perel kaufte er gegen Anzahlung eine Partie etwas abgebranntes Korn. Das Korn wurde mit ziemlichem Profit verkauft, aber Schlejmke erklärte, daß Bejnesch die Anzahlung nicht rechtzeitig geleistet hätte, und wollte ihm seinen Teil nicht ausbezahlen. Er prozessierte mit Schlejmke acht Tage lang in einem nahen Städtchen und gewann schließlich an die vierhundert Rubel.

Das war sein erster Profit für den ganzen Winter.

Als er auf den Bahnhof zurückgekehrt war, lächelte er den ganzen Tag vor sich hin, vergaß sogar seine Nägel zu beißen und dachte: »Schließlich und endlich... sind die Menschen gar nicht so schlecht.«

Als er sich abends schlafen legte, dachte er sich schon, daß es gar nicht so schwer sei, am Bahnhof etwas Geld zu verdienen und sich ein ebensolches Haus zu bauen, wie es Abramtschik hatte. Nachts hatte er einen wunderbaren Traum: er fuhr mit Abramtschiks Frau zu seinem Vater auf Pessach... Er führte sie durch das Städtchen und zeigte ihr alles.

»Hier in diesem Bejß-Hamidrosch habe ich gelernt... Hier in diesem Hause wohnte ein reicher kinderloser Mann, er hatte eine schöne Bibliothek und pflegte mir Bücher zum Lesen zu geben... Und dort unten im Tal lag ich an Feiertagen im grünen Gras neben der leeren Mühle und sah zum weiten Himmel hinauf...«

Als er am nächsten Morgen aufwachte, heizte die Hausfrau schon den Ofen in seinem Zimmer und erzählte: »Am Sonntag ist hier Abramtschiks Frau gewesen... Den Garten, sagte sie, will sie für den Sommer mieten. Sie war auch in der Wohnung... Wer hier in diesem Zimmer wohnt, hat sie gefragt.«

Er trieb sich den ganzen Tag am Bahnhof herum und stand am Abend schon wieder vor Abramtschiks Reservoir. Als es finster wurde, trat er vor das beleuchtete Haus und blieb vor dem Eßzimmerfenster stehen.

Und er sah: Kaufleute und Kommissionäre saßen um den Tisch herum und spielten Karten. An einem Ende des Tisches saß Abramtschiks Frau und lächelte dem Kommissionär mit dem gesunden Gesicht und dem langen Schnurrbart zu.

Er fühlte sich nicht ganz wohl und dachte:

Vielleicht ist es ihr angenehmer, diesen gesunden, hübschen Kommissionär vor sich zu sehen, als ihn, den mageren Kaufmann? Eine halbe Stunde später, als er in sein kleines dunkles Zimmer trat, betastete er seine spitze Nase und seine kurzgeschorenen Wangen und sagte entschieden: »Gewiß.«

Er besuchte sie nicht mehr. Er ging auf dem Bahnhofsplatz auf und ab und dachte: War es nicht dumm von ihm, jeden Abend am Reservoir herumzustehen? Und dann hat er ja auch vor kurzem vierhundert Rubel verdient...

An einem Abend ging er aber schon wieder zum Reservoir und schlich sich in den halbdunklen Korridor von Abramtschiks Wohnung. Niemand bemerkte ihn. Er stand einige Minuten da, sah durch die halboffene Türe den langen Schnurrbart des gesunden, hübschen Kommissionärs und ging, von niemandem bemerkt, wieder hinaus.

Der nächste Tag war naß, kalt und trüb. Er sah sie am Bahnhof und warf aus der Ferne einen Blick auf ihr hübsches dunkles Gesicht. Sie trug eine kurze Winterjacke, die ihr gut stand, und die beiden Telegraphisten verfolgten sie aus dem Fenster mit den Blicken. Er wandte sich sofort um und begann ein Gespräch mit Elje Barmherziger. Das tat er jemand zum Trotz, vielleicht sogar ihr, die irgendwo hinter seinem Rücken stand.

Es wehte ein kalter und nasser Südwind. Er beschmutzte den reinen Schnee und warf ihn über die Bäume, Felder und Hügel, von denen stellenweise schwarze Erdflecke zum bewölkten Himmel hinaufschauten und ihn stumm fragten: »Wann wirst du uns wieder mit reinem, weißen Schnee zudecken?«

Der Himmel blieb stumm. Der Wind fing aber den Schrei eines Raben auf und brachte ihn den Flecken statt einer Antwort. Der Bahnhofsplatz war von geschmolzenem Schnee bedeckt und schmutzig. Der Wind trieb eine seltsame Leere über ihn her und klapperte mit den Scheiben der noch nicht angezündeten Laternen. Leer und traurig war es hier, ab und zu zeigte sich irgendein Mensch; er ging mit gesenktem Kopf, und der Wind spielte mit ihm und zupfte ihn an den Schößen.

Aus Elje Barmherzigers kleinem Mund kamen stille Worte. Mit lächelndem Gesicht erzählte er Bejnesch etwas von einem Gutsbesitzer, der sehr billig Hafer zu verkaufen hatte, und daß man diesen Hafer noch billiger hätte kaufen können. Elje machte beim Erzählen einen anständigen und gutmütigen Witz, so anständig und gutmütig, wie er selbst war.

Bejnesch hörte aber den Witz gar nicht und dachte immer daran, daß sie irgendwo hinter seinem Rücken stand und daß die beiden lächelnden Telegraphisten sie aus dem Fenster betrachteten.

Ein schmutziger, nasser, verrußter Personenzug rollte heran und blieb fünf Minuten stehen. Der Wind blies in die nassen Kupeefenster und wollte mit den Wagen spielen. Die Wagen rührten sich aber nicht vom Fleck und legten ihre traurige, mürrische Miene für keinen Augenblick ab. Niemand stieg aus, und niemand stieg ein. Man könnte glauben, daß in jedem Wagen eine Leiche liege, von fassungslosen Angehörigen umgeben, die sie aus weiter Ferne gebracht hätten, um sie irgendwo zu beerdigen...

Aber am Ende des Zuges, wo sie mit ihrem hübschen dunklen Gesicht stand, klebte am Trittbrett des letzten Wagens ein junger Student und starrte sie mit seinen melancholischen Augen an. Auch sie streifte ihn ab und zu mit einem Blick. Bejnesch sah sie jetzt schon wieder an und dachte: »Soll ich sie ansprechen?«

Der Zug klapperte schon wieder, schlängelte sich davon und verschwand in den bleiernen, niedrigen Winterwolken.

Nun standen sie beide wieder allein auf dem leeren und nassen Platz. Er, der Beleidigte und Trotzige auf der einen Seite, und sie, die Junge, Schöne und Verlassene auf der anderen.

Er hatte wieder große Lust, an sie heranzugehen, aus der Nähe ihr dunkles Gesicht zu betrachten und ihr leise zu sagen, daß sie zum Bahnhof nicht hätte kommen sollen. Sie aber ging an ihm vorbei und bemerkte ihn nicht einmal. Nun biß er sich wieder die Nägel und dachte verärgert: Da geht er beschäftigungslos herum und hat lauter leere Gedanken im Kopfe... Was macht es ihm wirklich aus, an wen sie jetzt denkt: an Abramtschik, an den kräftigen Kommissionär oder vielleicht gar an jenen Studenten? Das geht ihn doch wirklich nichts an...

Nun kam sie aber noch einmal vorbei, blieb neben ihm stehen, machte ein besorgtes Gesicht und sagte: »Wie leer es doch hier ist, nicht wahr?«

Sie verzog etwas das Gesicht. Er wußte nicht, ob sie das Gesicht vor dem Winde verzog oder weil es am Bahnhof so leer war.

»Leer?« sagte er und nickte ihr zu, »gewiß ist es leer.«

Er fühlte, wie er errötete, und doch lächelte er.

Warum ärgerte er sich plötzlich über sie?

Mit irgendeinem unbedachten Worte hatte er sie verletzt. Er

sah: ihre Augen ruhten auf ihm stolz und überlegen. Sie wandte aber gleich ihr Gesicht dem kalten, nassen Winde zu. Sie überlegte sich etwas und entschloß sich, ihm sein unbedachtes Wort heimzuzahlen:

...Darum bittet sie ihn auch, von ihr nicht mehr so zu denken... und noch eines muß sie ihm sagen: an einem Abend stand er bei ihr im Korridor... Das war dumm von ihm... Er hätte doch ins Zimmer kommen können. Er weiß ja, daß sie sich immer freut, wenn er kommt...

Er kennt ja auch ihre Meinung von den Bahnhofsleuten... Sie haßt sie vielleicht nicht weniger als er...

Er begleitete sie mit den Augen und dachte: Sie haßt die Kaufleute, und ist doch zu ihnen gekommen und lebt unter ihnen. Auch er, Bejnesch, haßt die Kaufleute noch mehr als sie, und doch entflieht er nicht vor ihnen.

Warum entflieht er wirklich nicht? Was zieht ihn zu ihnen hin? Die vierhundert Rubel, die er in diesem Jahre verdient hat?

VIII.

Ende Winter, als der Frost schon abgenommen hatte, aber dichter Schnee noch unaufhörlich die dunkle Bahnhofsgegend überschüttete, kam Mejer Hecht wieder zum Bahnhof, um Kleie zu verkaufen, und mietete sich ein hübsches Zimmer in einem Bauernhause. Genau so wie das vorigemal, verdiente er wieder viel Geld, rauchte unaufhörlich Zigaretten und sprach mit den Bahnhofsleuten fast kein Wort. Sein wie Seide glänzendes stets nach oben gerichtetes Gesicht zeigte nicht die geringste Veränderung, und nur, wenn er seine etwas zu weit geöffneten Augen auf die Kaufleute richtete, hatte man den Eindruck, daß sein Haß gegen sie und gegen ihre Geschäfte während dieser Zeit noch stärker und tiefer geworden sei. Bejnesch sah ihn wie seinen Retter an und dachte an das ferne unbekannte Tschernigower Gouvernement, wo sich Hecht dermaßen mit Haß vollgesogen hatte: »Merkwürdige Menschen leben wohl dort.«

Einer dieser merkwürdigen Menschen war doch Hecht selbst: er haßte den Handel mit allen Gefühlen seines edlen Herzens und war dabei selbst Kaufmann. Tagelang saß er in seinem Zimmer mit geblähten Nasenlöchern und blickte mit ernsten, großen Augen dem Rauch nach, der ihm aus dem Munde stieg. An wen mochte er denken? An sich selbst? An seine Geschäfte? Oder nur an seine kleine, hübsche Frau, die er im Tschernigower Gouvernement zurückgelassen hatte?

Das konnte man unmöglich erraten.

Unter Tisch und Bett lagen bei ihm viele Bücher herum. Zertreten waren die Bücher, beschmiert und vergessen. Er nahm sie niemals in die Hand und dachte niemals an sie. Manchmal richtete er seine großen, etwas zu weit geöffneten Augen auf einen Punkt, und die Augen schienen zu sagen: Wenn er, Mejer Hecht, der die Kaufleute so sehr haßt, sich selbst vom Handel nicht losreißen kann, was nützen ihm dann alle die klugen Bücher, und was können sie dem Menschen für Hilfe bringen?

Und in der Tat: wenn man sich vom Handel nicht losreißen kann, so nützt auch alles Grübeln nicht, und darum ist das Vernünftigste, ruhig dazusitzen, wie er, Mejer Hecht dasitzt, schweigen und schauen, wie der Rauch aus dem halboffenen Munde zur Decke steigt.

Bejnesch konnte sich nicht beherrschen und fragte: Es ist zwar nicht seine Sache, aber er möchte es doch gerne wissen: er, Bejnesch, zum Beispiel, haßt den Handel nicht weniger als Mejer Hecht, und darum hat er auch wirklich die Absicht, Melamed in einem Dorfe zu werden. Wer zwingt aber Hecht, Kaufmann zu sein? Wer braucht ihn hier am Bahnhof?

Hecht machte plötzlich ganz große Augen und verstand ihn nicht.

Was heißt, wer ihn hier braucht? Er braucht sich selbst.

Was für Einfälle so ein Litwak manchmal hat! Bejnesch war mit ihm nicht einverstanden und dachte:

Nun, zum Beispiel braucht seine hölzerne Frau nicht ihn; entläuft er ihr denn nicht?

Bejnesch traf einmal bei Itzek-Boruch ein schmächtiges Mädchen mit einem kleinen Kindergesicht und harten, kurzgeschorenen Haaren. Sie hatte in einer der großen Städte Itzek lieb gewonnen und war jetzt ihm zuliebe Lehrerin in einer der nahen Städte geworden. Itzek hatte gerade die Influenza und lag mit verbundenem Hals und sehr rotem Gesicht schweigend auf seinem niedrigen Kanapee.

Vielleicht dachte er sich, daß das schmächtige Mädchen ganz umsonst zu ihm komme, vielleicht hatte er sie gänzlich vergessen und sehnte sich nur nach jenen nebligen Frosttagen, als er Margulis' hübsche, neunzehnjährige Tochter im Kinderschlitten herumschleppte?

Er brauchte also wohl das schmächtige Mädchen gar nicht. Sie tat aber so, als ob sie es nicht wüßte, kam jeden Abend zu ihm und unterhielt sich mit seinem Bruder Wolodja, einem kleinen Studenten, der einen Ausschlag im Gesicht hatte und erst vor kurzem nach Hause auf Besuch gekommen war. Das Mädchen sprach sehr aufgeregt, und ihre schmalen Wangen glühten; Wolodja lächelte mit seinen gelben wässerigen Augen und freute sich, daß er wieder einmal zu Hause war.

Es ging Bejnesch wirklich gar nichts an, wovon sie sprachen und worüber sie stritten. Er wollte auch an ihren Gesprächen gar nicht teilnehmen und dachte nur daran, daß er an den Sonnenblumenkernen, die er vor kurzem gekauft hatte, hundertfünfzig Rubel draufzahlen wird; wenn nicht volle zweihundert.

Am Bahnhof standen bereits die Kaufleute in kleinen Gruppen und redeten: »Bejnesch macht Geschäfte.«

»Wie?«

»Er wird mit den Sonnenblumenkernen jahrelang sitzen bleiben.«

»Nein, ich meine das Geld, das er dem Bezenizer Herrn geliehen hat.«

»Weiß ich?! Wer redet von einem Verrückten?«

Seine Schwiegermutter erwischte einmal in der Stadt Piwnjak und machte großen Krach: »Gewalt! Wer wußte nicht, daß der Bezenizer heute oder morgen bankrott macht!«

Piwnjak erschien bald darauf am Bahnhof und beeilte sich, die Geschichte ordentlich breitzutreten: »Ich sage euch, meine Herren, ein Verrückter, wie er im Buche steht!«

Bejnesch kümmerte sich um sie alle nicht und wollte gar nicht wissen, was sie redeten. Die Hauptsache für ihn war, daß er beim Bezenizer mit ganzen fünfhundert Rubel hereingefallen war.

Er war sehr erregt und biß sich fortwährend die Nägel, und ein einziger Gedanken schwirrte ihm im Kopfe.

Einmal traf er am Bahnhof Abramtschik und freute sich zum erstenmal im Leben über die Begegnung mit ihm. Wie meint er, Abramtschik? Erst vor kurzem hat ihm dieser selbe Bezenizer ganze tausend Rubel zurückbezahlt. Wie meint er: ist es vielleicht doch noch möglich, die fünfhundert zu retten?

Abramtschik verzog merkwürdig das Gesicht, kratzte sich hinterm Ohr, so stark und schnell, als ob er dort ein furchtbares Geschwür hätte, das ihn wie verrückt juckte und gar nicht aufatmen ließe.

»Bejnesch, ach Bejnesch,« rief er, sich fortwährend kratzend, mit merkwürdiger Stimme: »Warum habt Ihr Euch nicht vorher erkundigt? Ach, Bejnesch ...«

Bejnesch biß sich mit großem Eifer die Nägel und blickte auf Abramtschiks Füße.

Also ist das Geld hin? Was? Es ist ihm gar nicht darum zu tun ... Hat er also um fünfhundert Rubel weniger ... Die Hauptsache aber ist ... Kann ihm Abramtschik vielleicht doch sagen, ob man die fünfhundert Rubel noch retten kann ... Wie? ... Nein? Gut, er will dann überhaupt nicht mehr daran denken ...

»Warum lauft Ihr aber weg, Abramtschik? Habt Ihr keine Zeit? ... Wartet doch noch eine Weile, ich will mit Euch reden... Ich habe ja schon lange mit niemand gesprochen... Was meint Ihr zu folgendem Plan: soll ich nicht beispielsweise zu seinem Schwager, dem Kilkiwer Grafen, hinüberfahren und mich beklagen? Auch das wird nichts nützen? Also rede ich nicht mehr davon... Ich will mir nicht mehr den Kopf zerbrechen.«

Sein Kopf wollte ihm aber nicht folgen und zerbrach von selbst.

Die Sonnenblumenkerne, für die er keinen Käufer finden konnte und die irgendwo in einer finsteren, staubigen Ecke allmählich von Mäusen aufgefressen wurden, und die fünfhundert Rubel, mit denen er so dumm beim Bezenizer hereingefallen war, setzten sich in seinem Kopfe fest und bedrückten ihm das müde Gehirn. Es war schwer, sie jeden Augenblick zu fühlen und noch schwerer, sie zu vergessen und sich einzureden, daß er niemals Sonnenblumenkerne gekauft habe und daß der Bezenizer ihm nichts schulde.

Es gab aber doch Augenblicke, wo er das vergaß. Manchmal ging er am Bahnhof auf und ab und dachte sich, wie gut es doch Abramtschik hat, dem niemand fünfhundert Rubel schuldet, der das Reservoir, das schöne Haus, Geld und vor allen Dingen die hübsche und kluge Frau, die er gar nicht verdient, sein eigen nennt. In solchen Augenblicken wollte er, es möchte wieder ein stürmischer Abend sein, der Wind möchte den Schnee in die Augen treiben und an den Fensterläden rütteln, und in Abramtschiks beleuchtetem Hause solle niemand außer ihm und jener hübschen dunklen Frau sein; und sie solle ihn mit den klugen Augen anblicken, aufmerksam und mitleidsvoll seine Klagen anhören und sagen: »Glaubt mir, Bejnesch, daß ich Euch verstehe... Vielleicht kann ich sogar mit Euch mitfühlen...«

Was wollten aber die Bahnhofsleute von ihm haben? Warum redeten sie von ihm in jeder Ecke? Warum guckten sie aus jedem Loch heraus, verfolgten ihn mit lächelnden, neugierigen Augen und zeigten auf ihn: »Da geht er, Bejnesch. Da ist er... so wahr ich Jude bin.«

Nun ist schon der letzte Winterabend. Feucht ist die warme Luft, feucht ist der Bahnhof mit den nackten Bäumen, die um ihn herumstehen, feucht sind die menschlichen Gesichter.

Irgendwo in unendlicher Höhe streiten der Winter und der Frühling. Der Frühling lächelt und bittet: »Himmel, sei rein und heiter, das wird dir ja auch selbst Freude machen.«

Und der Winter runzelt die Brauen und befiehlt: »Himmel, tu deine Pflicht.« Der Himmel schwankt und weiß nicht, wem er folgen soll. Bald ist er heiter und bald wieder bewölkt.

Menschen, die nichts anderes zu tun haben, blicken hinauf und fragen sich: »Wie wird der Sonnenuntergang sein: heiter oder bewölkt?«

Auf dem Bahnhofsplatz stehen die Kaufleute in kleinen Gruppen und reden von Bejnesch: »Er ist ja schon so gut wie ein Bettler!«

Wenn ein Personenzug kommt, vergessen sie für eine Weile Bejnesch und wenden ihre Aufmerksamkeit den jungen Leuten zu, die irgendwo in den Großstädten studieren und jetzt zu den Feiertagen nach Hause fahren. Sie winken irgendeinem mageren Abiturienten zu und bedauern ihn: »Ach... Arm ist er, so arm... Seine arme Mutter...«

Wenn der Zug abgefahren ist, erinnert man sich wieder an Bejnesch: »Halt, wohin fährt Bejnesch zu Pessach? Seine Schwiegermutter wird ihn doch sicher mit einem Stecken aus dem Hause jagen!«

Er geht einsam umher, beißt die Nägel und denkt: »Was wollen sie von mir?«

Elje Barmherziger geht mit einem zugereisten Kaufmann an ihm vorbei und klagt mit seiner dünnen Frauenstimme: »Schöne Geschäfte macht man heutzutage. Da gibt es hier am Bahnhof einen gewissen Bejnesch Rubinstein... So, Ihr habt schon von ihm gehört? Also seht Ihr es selbst... Ich sage Euch, heutzutage soll man keine Kopeke aus der Hand geben.«

Bejnesch steht abseits und denkt: »Wer hat es am Bahnhof austrompetet, wenn nicht Piwnjak?«

Piwnjak tat aber so, als wisse er von nichts, und scherzte in Rubinsteins Nähe mit den Bahnhofsleuten:

»Hört Ihr, Herr Barmherziger, ich hab' schon viel an Euch gedacht, die Herren können es bestätigen... Ich muß mich über Euch furchtbar ärgern... Es gibt nur ein Mittel: Euch hier gleich auf der Stelle einige ordentliche Ohrfeigen abzuzählen. Versteht Ihr mich?«

Die Gesellschaft lachte, und nur der gutmütige Maskil lächelt erstaunt mit den Augen: »Ohrfeigen?« fragte er: »Wofür, Reb Levi?«

»Unbedingt Ohrfeigen. Denn Geld habt Ihr, und einen vornehmen Vater habt Ihr gehabt. In Geldsachen oder in Ehrensachen rührt Ihr niemand an. Und Ihr gebt viel Almosen. Also sage ich, gegen solche Frechheit gibt es eben kein anderes Mittel als Ohrfeigen: man zählt Euch die paar Ohrfeigen ab, die Euch gebühren, und dann könnt Ihr einen vor den Friedensrichter laden.«

Die lustige Gesellschaft lachte und klopfte Piwnjak freundschaftlich auf die Schulter. Das Gelächter brach plötzlich ab, und eine Stimme fragte: »Und wie ist es mit Bejnesch, Reb Levi?«

Die Frage wurde natürlich gestellt, nur um ihn zu ärgern. Piwnjak freute sich über die Frage und beantwortete sie auf der Stelle: »Narr, was fragst du? Bejnesch hat sich ja schon selbst geohrfeigt...«

»Pst! ...«

Bejnesch hörte, wie jemand Piwnjak leise sagte, daß er, Bejnesch, in der Nähe sei. Er fühlte, wie ihn alle ansahen und seinen beleidigten Augen auswichen. Sein Herz klopfte schnell und schmerzhaft und tauchte bei jedem Schlag in irgendeine siedendheiße Flüssigkeit unter. Es war so unverständlich und sonderbar, daß Piwnjaks ruhige Stimme noch fortfahren konnte: »Ach, soll er es nur hören, das wird ihm nichts schaden. Schlejme Lipp ist schon reicher als er!«

In seinen Ohren dröhnte eine ungewöhnlich große Glocke.

Sein Herz klopfte immer schneller, und die Flüssigkeit, in die es untertauchte, war immer heißer. Seine Augen blickten gespannt und sahen doch niemand vor sich außer jenem langen lachenden Kerl, der mit ungewöhnlicher Kraft seine Augen, seine Hände und sein aufgeregtes verbrühtes Herz anzog, und auf den er jetzt mit sicheren Schritten und stolz losging, mit den Worten auf den Lippen: »Da hast du! ...«

Er fühlte, wie seine Hand mit Zorn und Kraft auf Piwnjaks Wange niedersauste, und er berauschte sich am Rachegefühl.

»Und jetzt lade mich vor den Friedensrichter!«

Er hörte eine seltsame Antwort: den unverständlichen Aufschrei einer wilden gereizten Stimme.

Er wußte aber nicht, wer geschrien hatte: er, Bejnesch, oder jener lange Kerl, der sich beide Hände vor das geohrfeigte Gesicht hielt? Jemand hatte ihn von rückwärts gepackt und hielt seine Hände fest. Es zog ihn noch immer zu dem geohrfeigten Piwnjak hin, und ein trotziger Gedanke saß ihm im Kopfe: »Jetzt kannst du mich vor den Friedensrichter laden...«

Gute Freunde kamen nach einigen Tagen zu ihm und sagten ihm: »Bejnesch! Fahr von hier fort.«

Er sah sie an und dachte an Piwnjaks fünfundzwanzigjährigen Sohn, der soeben vom Militär heimgekommen war. Der kräftige lange Bursche in kurzer Joppe und langen Stiefeln steht immer am Bahnhof umher und schaut ihn, Bejnesch an. Der Bursche hat ein rotes gojisches Gesicht, breite Schultern und kräftige Hände. Seine Stirn ist niedrig, und sein Gehirn wohl klein. Wenn man ihm sagt: »Hau!«, kann er einen Menschen totschlagen.

»Ist es eine Frage? Ich muß fort.«

Heute hat er Kopfschmerzen und Reißen in den Gliedern. Aber es ist gar keine Frage, daß er fort muß.

Heute geht er früh zu Bett und morgen mit dem Sechsuhrzug...

Nachts fühlte er aber nach einem langen unruhigen Schlummer eine seltsame Kälte in allen Gliedern. Er setzte einen zitternden bloßen Fuß auf den kalten Boden und breitete über die Bettdecke seinen warmen Winterrock. Der Winterrock konnte ihn aber nicht erwärmen, und er warf sich unter der schweren Decke fortwährend hin und her und klapperte mit den Zähnen. Er schloß die Augen und dachte beim Einschlummern daran, daß er morgen früh mit dem Sechsuhrzug fahren mußte...

Seltsamerweise stand aber der Zug schon vor ihm. Im Schlafwagen brannten noch die Kerzen. Bloße Füße ragten über den Rand der Schlafbänke hinaus. Er verkroch sich in eine halbfinstere Ecke, aber auch dort traf er Bekannte, die ihm zulächelten und ihn fragten: »Wohin fahrt ihr, Reb Bejnesch?«

Es war ihm so furchtbar schwer, diese Frage zu hören. Und doch mußte er lächeln und antworten: »Ich fahre... Ich fahre... Zum Vater auf Pessach fahre ich.«

»So?«

Die Bekannten verstanden ihn nicht, und er lächelte noch immer. Ein Geschenk bringt er dem Vater mit, damit er Freude an seinem verheirateten Sohn hat... Und der Vater selbst... Der immer schlafende, lange und trockene, verarmte »Aristokrat«, der in dem verlorenen Städtchen ein eigenes, halbeingefallenes Haus und einen Ehrenplatz in der Schul hat. Reiche Bürger, die sich noch an den Reichtum seines Schwiegervaters erinnern, unterstützen ihn wohl im geheimen... Und seine Mutter, die etwas bucklige, kluge Frau, die ihre besseren Tage noch immer nicht vergessen kann, wird sich die heißen Tränen mit der Schürze abwischen, ihn mit ihren roten, mitleidigen Augen anstarren und einen einzigen, wehmütigen Gedanken im Sinne haben: »Da habe ich es erlebt... Schöpfer der Welt...«

Und die feinen jungen Leute, seine gewesenen Kollegen, vor denen er als Junge geprahlt hatte, daß er einmal reich sein würde... Und die schweigsamen traurigen Verwandten seiner ersten Frau...

Das alles ist in jenem lieben Städtchen, nach dem er jetzt zu

Pessach fährt. Seine Bekannten sollten doch wirklich nicht so lächeln und ihn fragen: »Wohin? Wohin fahrt Ihr, Reb Bejnesch? ...

In seinem kleinen Zimmer in dem schiefen Bauernhäuschen war es aber schon sehr heiß. Der blasse Schein eines trüben kalten Morgens ruhte an den Wänden. Er schlug die Augen auf und fragte sich bestürzt: »Bin ich also doch nicht fort?«

In irgendeinem Loch des schiefen, guteingeheizten Ofens zirpte ein Heimchen und freute sich über die Wärme. Sehr dunkel war es in dem kleinen Zimmer, und ebenso dunkel war es auch draußen, jenseits des kleinen viereckigen Fensterchens, vor dem der alte Apfelbaum mit allen seinen Ästen zitterte und jemanden erschrecken wollte.

Er erinnerte sich an Piwnjaks kräftigen Sohn, der am Bahnhof herumstand, und dann fühlte er sich wieder schwach und schloß die Augen. Arme und Beine schmerzten ihm, der Kopf war schwer und heiß, und er wollte so furchtbar gern schlafen.

Mußte aber auch der Teufel Gäste vom Bahnhof bringen! Gutmütige Kaufleute hatten doch Mitleid mit ihm und kamen, um ihn zu trösten: »Das Unglück ist doch wirklich nicht so groß ...«

Es ist ihm auch gar nicht um die Ohrfeige zu tun, die er Piwnjak gegeben hat, sondern nur darum, daß Abramtschik, die Kaufleute und die Kommissionäre solche Freude an der Sache haben und über ihn lachen. Sie sitzen jetzt alle bei Abramtschik und sagen: »Er hat ja doch bald keinen Pfennig mehr!«

Was kann man dagegen sagen? Natürlich hätte ein anderer an seiner Stelle glücklich am Bahnhof gelebt und sein Geld nicht verloren, und Piwnjak wäre niemals so frech gewesen ...

Ein Zittern ging ihm durch alle Glieder, und er erwachte.

In seinem kleinen, dunklen Zimmer war es so still und leer, vor dem Bett stand aber ein großgewachsener junger Mann und hielt ihm die kalte Hand an die glühende Stirn. Mit schweren müden Augen blickte er zu dem jungen Manne empor und sah ein wohlbekanntes, frisches, rosiges Gesicht mit dem wohlbekannten ruhigen Lächeln.

»So stehen also die Sachen?« schien das Lächeln zu sagen, und er erinnerte sich, daß dieses Lächeln nur Itzek-Boruch allein angehören konnte. Und er antwortete ihm mit dem Blick: »Ja, so stehen sie...«

Neben Itzek stand das schmächtige Mädchen mit den kurzen Haaren und sah ihn mit erschrockenen Augen an.

»Soll man nicht seine Frau kommen lassen?« fragte sie Itzek leise.

Itzek antwortete ihr aber nichts und lächelte noch immer. Bejnesch schloß langsam die Augen und schlummerte wieder ein.

Als er wieder aufwachte, brannte im Zimmer schon eine Lampe.

Der Bahnhofsarzt hauchte ihm kalt ins glühende Gesicht und betastete ihn mit stechend kalten Fingern.

»Lungenentzündung oder Typhus, wer weiß?« sagte der Arzt und seufzte.

Vor diesen Worten erschrak weder er, noch Itzek, noch das schmächtige Mädchen. Nur Wolodjas gelbe wässrige Augen nahmen für eine Weile einen zerstreuten Ausdruck an; dann lächelten sie wieder.

IX.

Draußen war es schon wieder warm.

Vögel tanzten auf den krummen Ästen des sonnenbeschienenen Apfelbaumes und freuten sich über den neuen Frühling. Vor großer Freude zwitscherten sie, sprangen umher und wiegten sich auf jedem dünnen und feuchten Zweig.

Durch das offene Fenster sah er den Bauern, bei dem er das

Zimmer mietete, ohne Mütze im Gärtchen herumgehen und jedes junge Bäumchen untersuchen, ob ihm die Winterfröste nicht geschadet hätten. Seine beiden großen wohlgenährten Hunde gingen ihm langsam auf Schritt und Tritt nach, spielten miteinander, jagten einander und bissen sich im Scherz. Am Rande des Gartens bemerkten sie ein fremdes Schwein und stürzten beide zugleich, über die schwarzen Schollen der noch feuchten Gartenerde springend, auf den Eindringling los. Das Schwein sah die Hunde kommen, vergaß in seiner Aufregung die Stelle, wo der Holzzaun niedrig war, und rannte nach einer anderen Seite. Bald packten es die Hunde an seinen langen Schweinsohren, und es erhob ein mörderisches Geschrei.

Der Bauer redete mit sich selbst. Als er Bejnesch am offenen Fenster stehen sah, schämte er sich vor ihm.

Bejnesch zog sich langsam an und ging zum erstenmal nach seiner Krankheit ins Freie.

Es war schon so warm und so schön, und der Himmel war so verträumt und blau, und eine noch etwas verschlafene Sonne leuchtete am Himmel und machte kindliche Grimassen, als ob ihr jemand zulächelte und mit der Zunge schnalzte.

Er stand, die Hände in den Taschen, und sah sich um.

Ein schmaler Fußpfad schlängelte sich durch den halbausgetrockneten Schmutz und verlor sich irgendwo im Graben beim Bahnhof.

»Soll ich vielleicht zum Bahnhof gehen?« fragte er sich.

Er betastete seine mageren Wangen und betrachtete seine geschwächten, mageren Hände; er zog sie langsam aus den Taschen und steckte sie dann zitternd wieder hinein.

»Ein schönes Ende«, sagte er sich und seufzte.

Er ging langsam wie ein kleines Kind, das erst eben gehen gelernt hat, und sah zu Boden auf die Spuren, die seine Füße in der weichen Erde zurückließen. Ringsum war alles still. Das Sonnenlicht rieselte leise herab und wärmte freundlich die zerstreuten kleinen Häuser.

Unter den milden Sonnenstrahlen machten die Häuser ein

Nachmittagsschläfchen und lauschten schlafend den Schlägen, die aus irgendeiner Schmiede kamen und der Stille immer die gleiche traurige Geschichte erzählten.

Die Geschichte von einem Erdrückten.

Die Geschichte von einem Unglücklichen.

Die Geschichte von einem Traurigen, der mit Schweiß und Mühe sein Brot verdient.

Am Bahnhof holte ihn Abramtschik Kaufmann ein. Er kniff ihn von hinten und schrie ihm ins Ohr.

»Bejnesch, vielleicht eine kleine Anleihe?«

Während sich Bejneschs magere Wangen langsam zu einem schwachen Lächeln falteten, lief Abramtschik schon mit einem erschrockenen Kommissionär weiter und sprach halb ernst und halb im Scherz: »Rindvieh, hast du denn ohne mich den Stationschef nicht benachrichtigen können?«

Bejnesch lächelte noch und streckte noch immer seine schwache, magere Hand aus.

Bald begegnete er zwei bekannten Kommissionären, die vom Bahnhof kamen.

Sie blieben gar nicht stehen und begrüßten ihn sogar nicht einmal. Sie streiften nur mit einem stummen Blick sein blasses, eingefallenes Gesicht und unterhielten sich hinter seinem Rükken in ihrer Kaufmannssprache: »Nun, was sagst du?«

»Was soll ich sagen?«

»Durch Tür und Tor, nicht wahr?«

»Was fragst du noch?«

Und er ging mit kleinen schwachen Schritten weiter. Das schwache Lächeln verschwand allmählich von seinem mageren Gesicht, und an seine Stelle trat die bittere Miene eines Gefallenen und Erdrückten. Er konnte unmöglich etwas begreifen, wußte aber selbst nicht, was. Alles um ihn her war so gewöhnlich und alltäglich, alles ruhte mit stillem, etwas verträumtem Ausdruck und hüllte sich still in das Licht der großen Abendsonne.

Die Nachmittagszüge waren schon alle abgegangen.

Auf dem leeren Bahnhofsplatz hüpften kleine Vögel. Sie sprangen von Ort zu Ort und putzten sich ab und zu mit den Schnäbeln die Flügel.

Vier junge Kaufleute saßen auf einer Bank, wärmten sich in den Strahlen der scheidenden roten Sonne und redeten von Geschäften, anderen Kaufleuten und hübschen Frauen.

Einer von ihnen bemerkte Bejnesch, blickte lächelnd die anderen an und schlug die Augen nieder. Nun sahen ihn schon alle mit ihrem stummen, kaufmännischen Lächeln an.

Er hielt den Kopf gesenkt, ging noch einige Schritte weiter und blieb vor dem großen mittleren Fenster des Wartesaals zweiter Klasse stehen. Mit Karten in der Hand saßen um den Tisch einige fremde Kaufleute, Piwnjak, Schlejmke Perel und der Kommissionär mit dem roten Gesicht und dem langen Schnurrbart. Ihre Gesichter drückten Ruhe aus, die Ruhe von Menschen, die soeben ausgeschlafen und sich gähnend gesagt haben: Wollen wir nicht eine Partie machen?

Da winkte aber schon Piwnjak zum Fenster. Alle wandten sich um und blickten ihn lächelnd an. Er trat vom Fenster weg und ging nach Hause mit denselben langsamen Schritten, mit denen er soeben zum Bahnhof gekommen war.

Er lag im Bett und dachte, daß die Krankheit sein letztes Geld verschlungen hatte, und daß man bei Abramtschik schon den Balkon aufgemacht hatte, daß man dort im Freien langsam den Tee trank und sich in den Strahlen der roten sinkenden Sonne wärmte.

Wolodja mit seinen goldenen Uniformknöpfen und den wässerigen Augen besuchte ihn wieder. Er saß lange neben ihm, lächelte mit den wässerigen Augen und erzählte ausführlich, daß Itzek schon wieder in einer der großen Städte studierte, daß das schmächtige Mädchen mit den kurzen Haaren ebenfalls nach jenen Städten ziehen wollte, daß Abramtschiks Frau hübsch und angenehm sei, und er, der kleine Student mit den gelben wässerigen, stets lächelnden Augen, sie gern möge.

Wolodja sprang plötzlich auf, sein Gesicht rötete sich, und er nannte einigemal den Namen von Abramtschiks schöner Frau und auch den Namen jenes langen, kräftigen Kommissionärs, der einen langen Schnurrbart und ein dummes hübsches Gesicht hatte.

»Dieser Teufel!« sagte Wolodja vom Kommissionär. »Er hat es sich in den Kopf gesetzt und sich die größte Mühe gegeben, Ihr versteht?«

»Wirklich?« fragte Bejnesch.

Er dachte daran, daß jener, der sich soviel Mühe gegeben und sein Ziel endlich erreicht hatte, jetzt ruhig am Bahnhofsplatz herumstand und ab und zu stolz und selbstbewußt gähnte. Wolodja kitzelte ihn unter dem Arm, blinzelte ihm mit einem Auge zu und fragte: »Nun, und Ihr, Bejnesch?«

Bejnesch mußte plötzlich daran denken, daß er ihm so oft von sich und seiner häßlichen kranken Frau erzählt hatte, und er spürte einen stumpfen Schmerz vor Reue und Scham.

Im Zimmer war es schon wieder halbdunkel und still. Durchs offene Fenster blickte von der himmelblauen Höhe ein reiner, wie frischgewaschener Mond herein und schien in irgendwelche kluge und traurige Gedanken vertieft. Mit Respekt und Ehrfurcht sahen die unbeweglichen Wipfel der vergoldeten nahen und fernen Bäume zu ihm hinauf und warteten auf den Augenblick, wo der Mond ihnen den Grund seiner ewigen Trauer enthüllen würde. Der Mond war aber immer mit himmlischen Dingen beschäftigt, stand an einem Fleck und grübelte.

Irgendwo in der Nähe hatte ein Rudel Hunde einen Menschen überfallen. Die Hunde liefen mit einem so schrecklichen Geheul und Gebell um ihn herum, als ob er der einzige Räuber wäre, den sie seit vielen Jahren erwarteten.

Man hörte, wie der Mensch schrie und sie zu verjagen suchte, und wie ein Hund von ihm einen ordentlichen Hieb bekam und wehklagend davonlief.

Und wieder war alles still.

In der Tiefe einer finsteren Zimmerecke schwebte noch immer Wolodjas Gesicht. Bejnesch kam es vor, als ob er ihm mit einem Auge zublinzelte, durch die Zähne lachte und ihn fragte: »Nun, und Ihr, Bejnesch?«

Draußen scharrte jemand an die Wand, machte einige leise Schritte zum Fenster und steckte den Kopf in einem schwarzen Schal herein. Er setzte sich auf und erblickte Abramtschiks Frau. Augenblicklich zogen ihm viele abgerissene Gedanken an sie und an den Kommissionär durch den Kopf, und es schwindelte ihm plötzlich. Jemand sprach mit ihrer gewöhnlichen, angenehmen Stimme, er aber war so erregt, daß er nichts verstehen konnte.

»Sofort«, murmelte er, auf dem Tische herumtastend, »gleich werde ich die Lampe anzünden...«

Aber er fand auf dem Tische nichts und zündete die Lampe nicht an. Und in der Dunkelheit des Zimmers ruhte wieder eine tiefe Stille. Sie lagerte sich an den Wänden und wurde ab und zu von ihrer gedämpften Stimme durchschnitten: »So schön, so schön ist die Nacht, so warm und so still... so still...«

Sie erzählte langsam und leise. Von einem dahingegangenen Menschenleben, von einem halbdunklen Traum, der sie so lange getäuscht hatte und schließlich doch nicht in Erfüllung ging.

Alles ringsum schwieg und lauschte sehnsuchtsvoll. Der verträumte Mond kam näher heran, warf einen blaßgelben Schimmer auf ihren gesenkten Kopf und hörte nachdenklich zu, was die Frau im schwarzen Schal erzählte:

... Weit, weit liegt unser Städtchen. An einem Bergabhange liegt es... Der große Mond beleuchtet es, und die Kröten stekken ihre Köpfe aus dem Sumpf zu ihm empor und quaken... Das Wasser rauscht und dreht das Mühlrad unten im Tale... Kinder spielen dort mit Sand... Sie werfen den Sand in die Höhe und schreien, werfen und schreien...

Sie lachte plötzlich laut auf und verstummte. Und wieder war alles so still und so traurig. Aus einem Winkel stieg irgendein langer Schatten auf und verschwand gleich wieder. Etwas später hörte man, wie draußen ein Hund einer Katze nachjagte und wie die Katze auf einen der nahen Bäume kletterte.

»Ach!« seufzte jemand tief auf.

Bejnesch fuhr wie aus dem Schlafe auf und machte eine abwehrende Handbewegung: »Na ja! ...«

Sie sprach aber schon von seiner Krankheit, von seiner Frau, die damals aus dem Städtchen gekommen war: Drei Tage war sie bei ihm gewesen und war selbst krank geworden... Sie ging irgendwohin und fiel plötzlich ohnmächtig zu Boden.

Nun gingen sie beide auf dem schmalen, mondlichtübergossenen Fußweg, der zum Bahnhof führte. Sie gingen mit langsamen Schritten und blickten zu Boden.

Nasse, grüne Dächer glänzten. Ein verirrter Nachtvogel zwitscherte seltsam, und die rotgrünen Signallaternen an der dritten Werst brachten Grüße von Menschen, die bei Nacht nicht schlafen.

»Ihr versteht?« klagte sie: »Alles hat mich angelogen, und ich war so dumm und glaubte an alles. Und dann log ich selbst, und die anderen glaubten mir... Ich muß Euch sagen, daß ich übel hereingefallen bin: einen habe ich geliebt und einen anderen geheiratet. Aber was ist da viel zu reden? Am Bahnhof sprechen schon alle Weiber von mir...«

Sie begegneten einem Kaufmann, der vor kurzem aus der Großstadt zum Bahnhof gekommen war, und blieben stehen. Der Kaufmann nahm langsam die Brille von der Nase, putzte sie sorgfältig, lachte und erzählte, daß er eigentlich zu ihnen, das heißt zu ihr und Abramtschik ginge; am Bahnhof sei es jetzt langweilig, und er hätte Lust, Karten zu spielen. Dann setzte er die Brille wieder auf, musterte Bejnesch vom Kopf bis zu den Füßen, überzeugte sich wohl, daß er kein Mensch ist, auf den man Rücksicht nimmt, und sagte ihr: »Kommt.«

Sie sah ihn nicht mehr an und ging mit dem großstädtischen Kaufmann irgendwohin fort.

Als er sie nicht mehr sah, seufzte er auf und ging langsam nach Hause. Wolodja kam ihm plötzlich entgegen. Er atmete schwer und fragte hastig: »War sie hier, vor Eurem Fenster?«

Er sagte »Ja«, und Wolodja zwinkerte ihm wieder mit einem Auge zu, kitzelte ihn und fragte: »Nun, und Ihr, Bejnesch? ...«

X.

Tagelang ging er in seinem kleinen Zimmer auf und ab und schwieg. Alles, alles lag schon hinter ihm; es lohnte sich nicht mehr, daran zu denken. Er dachte auch nur noch daran, wie gut es den anderen und wie schlecht es ihm ging. Zum Bahnhof kam er nicht mehr, nicht weil er sich vor jemandem schämte, sondern nur weil er den Kaufleuten die Freude nicht gönnen wollte: Sie, die Geschäfte machen, kaufen und verkaufen, schauen auf sein mageres Gesicht und haben ihre Freude daran, daß es ihm so schlecht geht.

Eines Abends, als er, von niemand bemerkt, am Bahnhof stand, hörte er, wie die Kaufleute von ihm redeten: »Wer, Bejnesch? Er spricht ja schon mit sich selbst!«

Irgendein Kaufmann wollte es nicht glauben und lachte; ein anderer beteuerte aber: »Menschenskind, meinst du, daß ich es erfunden habe?«

Die Leute waren alle der Ansicht, daß er nicht mehr bei klarem Verstand sei. Piwnjak sprach von der bevorstehenden Gerichtsverhandlung und prahlte: »Ihr werdet es sehen ... Er wird mir neun Ellen tief in der Erde liegen.«

Bejnesch wandte sich um und wollte an Piwnjak nicht mehr denken.

Und es kam der Tag der Gerichtsverhandlung.

Sie fand ausgerechnet am Vorabend von Schwues statt und versetzte die Kaufleute in freudige Erregung.

Am Ende des Dorfes, wo das weiße, erst vor kurzem getünchte Häuschen des Friedensrichters in einem verwilderten Garten versteckt lag, duftete es schon nach Grün und nach dem Vorabend von Schwues. Die blühenden Bäume sahen auf die grüne Erde herab und verdeckten sie vor den Strahlen der neuen Sonne, die zwischen ihnen hindurch formlose Flecken warf.

Es war elf Uhr vormittags. Bejnesch stand in einem Winkel abseits und sah, wie jeden Augenblick neue Wagen kamen, aus denen immer neue Zeugen stiegen. Er wollte sie gar nicht sehen und vertiefte sich in seine Gedanken.

Abramtschik fand ihn in seiner Ecke, warf ihm in der Eile ein paar Worte zu, die er gar nicht verstand, und verschwand. Die Kaufleute schienen ungeduldig und fragten einander: »Nun, wird man es nicht etwas schneller machen? ... Es ist doch bald Feiertag.«

Dort, bei ihnen zu Hause, standen die Türen schon offen, man hackte die Fische für den Abend, und die Kinder hatten bereits die Zimmer mit Mogejn-Dovids aus grünen Zweigen geschmückt.

Aber der Friedensrichter, ein böser alter General, hatte wohl keine Eile. Er fragte jeden Zeugen sehr lange und sprach jedem Zeugen ins Gewissen. Die Verhandlung dauerte bis zum Abend.

Die Zeugen fürchteten, daß der böse alte General sie alle vom Bahnhof fortjagen würde. Darum verwickelten sie sich in ihren Aussagen, antworteten nicht auf das, was man sie fragte, und erklärten zum größten Teil, nichts zu wissen: »Wir wissen gar nichts... Selbst haben wir nichts gesehen... Wir haben es nur von anderen gehört.«

Der Friedensrichter schimpfte auf sie und auf Piwnjak, drohte sie alle einzusperren und verurteilte schließlich den mageren, melancholischen Bejnesch, der sehr blaß war und trokkene Lippen hatte, zu zwei Wochen Gefängnis.

Die Kaufleute und die Makler waren froh, daß die Verhandlung endlich zu Ende war. Sie stiegen eilig in ihre Wagen und brummten: »Na ja ...«

Die Kutscher schlugen auf die Pferde viel zu eifrig ein und beteuerten: »Wir kommen zu spät ins Bad, so wahr ich Jude bin. Hüh!«

Die Sonne ging unter.

Bejnesch stand allein neben dem Häuschen des Friedensrichters und biß sich die Nägel. Er hatte keine Lust, ins Städtchen oder zum Bahnhof zu fahren. Hier vor dem unbekannten Hause könnte er ewig stehen, denken und die Nägel beißen.

Ach, er will lieber gleich die Strafe antreten und die zwei Wochen absitzen.

Eine halbe Stunde später ging er schon unter Bewachung zweier Bauern auf der Straße zum Städtchen. Ein heiterer, blauer Himmel hing über ihm, rechts und links breiteten sich grüne Felder aus wie zwei ungewöhnlich große Flügel, und die Luft des späten Nachmittags war vom Duft des jungen Grases erfüllt. Einer der beiden Bauern schneuzte sich unmanierlich die Nase und sagte: »Geh etwas schneller... Es ist bald Nacht.«

Er hörte es aber gar nicht und sah zerstreut auf die Seite, wo ein verspäteter Bauer mit Pferd und Wagen im Feld stand. Seine Lippen zitterten und flüsterten leise: »Fünfhundert ...«

Er saß in einem versperrten viereckigen Zimmer neben der Wohnung des Pristaws, war schwach und traurig wie einer, der Schiwe sitzt und dachte an Joseph Janeschpolski: Er war ein anständiger, gebildeter, junger Mann, hatte einige Tausend Rubel Vermögen, eine hübsche Frau, zwei hübsche Töchterchen und lebte wie ein Graf. Seine Geschäfte gingen aber auf einmal schlecht... Und die Leute lächelten ihm nicht mehr zu. Warum sollten sie ihm auch noch zulächeln? Haben sie denn noch nie einen Bettler gesehen?

Joseph fährt eines Tages in eine große Stadt, steigt im schönsten Gasthof ab und legt sich schlafen... Und wie man am nächsten Morgen die Türe seines Zimmers öffnet, sieht man, daß er an einem Strick hängt. Dieser Joseph hatte aber eine hübsche Frau und zwei hübsche kleine Kinder. Und sie beweinten ihn. Aber ihn, Bejnesch, wer wird ihn beweinen? Die Leute sagen ja schon sowieso, daß er verrückt sei.

Aber das ist nicht so wichtig; die Hauptsache ist, daß Josephs Entschluß richtig war. Er kann es gar nicht richtig fassen, denn sein Kopf... sein Kopf ist wie zerschlagen, das Gehirn ist zusammengepreßt, und das Herz, das Herz ist traurig und fühlt, wie gut es Abramtschik hat.

Dort, jenseits des viereckigen Fensters gehen alle Mädchen der Stadt festlich geputzt spazieren, und ihre frischen Gesichter lächeln; aber seine Augen sind rot und entzündet, und seine Lippen trocken und blaß.

Er nahm von Tag zu Tag ab. Manchmal versuchte er zu husten und griff sich an die eingefallene Brust. Sonst war er immer so sehr um seine Gesundheit besorgt, und jetzt, wenn er jetzt krank würde, wenn er beispielsweise die Schwindsucht bekäme...

Als man ihn eines Abends aus dem schmutzigen viereckigen Zimmer hinausließ und ihm sagte, daß er gehen kann, wohin er will, hatte er bereits einen fertigen Plan im Kopf. Er wartete, bis es ganz finster wurde, und nahm sich einen Wagen zum Bahnhof.

Sein Gehirn war aber schon furchtbar müde vom Nachdenken und wollte nicht länger arbeiten. Als sein Wagen, in dem er zusammengekrümmt und schweigend saß, in das erste Tal gleich vor der Stadt hinunterfuhr, hatte er seinen Plan schon halb vergessen. Er wollte sich an ihn erinnern und konnte es nicht. Etwas trommelte ihm in den Ohren: Er muß zum Bahnhof kommen... Er muß seine Sachen, die er im Bauernhause zurückgelassen hat, packen... Er muß irgendwohin fahren. Aber wohin und warum, das wußte er nicht. Er sah, wie der Mond hinter dem grünen Hügel aufging.

Oben auf dem Hügel lag die schmale Straße leer und von gelbem Zauberlichte übergossen. Sie schlängelte sich bald nach rechts, bald nach links, fiel steil ab, ging wieder aufwärts und verlor sich endlich am fernen Rand des Himmels, wo über dem dunklen Berg und dem Bahnhof der gelbsilberne Vollmond hing. Der Bauer schlug auf seine Pferde mit großem Eifer ein, die Pferde versuchten mit ihren Schweifen die Spuren der Peitschenhiebe abzuwischen und zogen den Wagen mit seinem Schatten und mit der kleinen, vom Mond vergoldeten, etwas feuchten Staubwolke schnell vorwärts. Die dunkelgelbe Welt schlummerte. Der Kopf sank langsam auf die Brust und vergaß das Leid und das Leben.

In der Nähe des Bahnhofs hörte er aber die Klänge von Trommeln und Trompeten; er fuhr auf, wie aus dem Schlafe, und erschrak. Die Töne der Musik kamen aus der Gegend am Reservoir und erstarben in der Tiefe der Nacht. Er sah zum Haus Abramtschiks hinüber, das ganz ungewöhnlich hell erleuchtet war, und erinnerte sich: Abramtschiks Schwester sollte ja um diese Zeit Hochzeit feiern...

Plötzlich fühlte er, wie er blaß wurde. Sein Herz klopfte ungewöhnlich schnell, und in seinem zusammengepreßten Gehirn tauchte ein schrecklicher Gedanke auf:

Er muß ja gleich an Abramtschiks Hause vorbeifahren. Es ist möglich, daß seine Schwiegermutter und seine Frau dort sind... Piwnjak und seine Gesellschaft werden ihn sehen, werden seinen Wagen umringen und »Hurra!« schreien.

Um das zu vermeiden, bezahlte er den Bauern, stieg aus dem Wagen und ging langsam zu Fuß über die Schienen zu dem kleinen Garten am Bahnhof. Dort setzte er sich auf eine Bank im Schatten und ließ den Kopf hängen.

Es war still, die gelb beleuchteten Wipfel der Pappeln ragten unbeweglich in die Höhe, und auch das Laub rührte sich nicht. Aber dort in der Ecke, jenseits der langen Schatten der Bäume, lachte das Mädchen, das am Bahnhof Bücher und Zeitungen verkaufte, und freute sich über eine Geschichte, die ihr der lange Bahnhofsgymnasiast erzählte.

Die Bahnhofsglocke läutete.

Zehn Minuten vor Abgang des Halbelfuhrzuges erschienen am Bahnhof die Hochzeitsgäste. Sie gingen behutsam über den schmalen, sandbestreuten Fußweg, und die weißseidenen Kleider schimmerten. Dicht an ihm ging Abramtschiks Frau vorbei und klagte einer anderen schlanken, bejahrten Frau: »Er ist ja kein schlechter Mann... Er tut alles, was ich will. Wenn aber die Nacht kommt, schnarcht er im Schlaf, schnarcht, und aus dem Munde läuft ihm Speichel...«

Bejnesch erinnerte sich plötzlich an Schlejmke Perel:

»Wißt ihr denn nicht, daß er keinen Pfennig mehr hat?!«

Er ging leise auf den beleuchteten Bahnhofsplatz und blieb etwas abseits stehen.

In schwarzem Gehrock, schwarzen Beinkleidern und weißer Binde stand Abramtschik mit einem der Hochzeitsgäste und erzählte etwas.

Er ging langsam auf ihn zu, rief ihn auf die Seite und sagte leise: »In Losowka gibt es eine ordentliche Partie Bohnen zu kaufen. Wollen wir nicht morgen zusammen hinüberfahren?«

Und da Abramtschik gar nicht erstaunt war und mit ihm ruhig von den Losowker Bohnen sprach, fühlte er, Bejnesch, neuen Mut und bemühte sich, Abramtschik für die Sache zu gewinnen: Abramtschik weiß doch wohl, daß Bejnesch mit dem Gutsherrn von Losowka besonders gut steht.

Abramtschik kratzte sich hinter dem Ohr und überlegte sich: Er, Bejnesch, versteht doch wohl selbst, daß man Piwnjak als Makler heranziehen muß; tut man das nicht, so kann er das Geschäft verderben.

Am nächsten Tage fuhren Bejnesch, Abramtschik und Piwnjak mit einem Mietwagen nach Losowka.

Anfangs schwiegen sie alle und hörten, wie der Wagen beim Bergauffahren klapperte und wie Schlemje Lipp mit der Zunge schnalzte. Später fuhr Piwnjak wie aus dem Schlaf auf und sagte ganz einfach: »Ach, hast du eine Frau, Abramtschik!«

Auf Abramtschiks dickem, rosigem Gesicht zeigte sich ein zufriedenes Lächeln. Er setzte sich tiefer in den Wagen hinein und sagte, auf Bejnesch zeigend: »Soll er sagen, was er von ihr hält. Was meint Ihr, Bejnesch?«

»Eine Frau«, sagte Piwnjak, »kennt man nicht, bis...«

Und er gebrauchte ein häßliches Wort. Bejnesch wollte das Gespräch nicht weiter anhören und überlegte sich den Brief, den er morgen seiner Frau schreiben wollte: »Meiner treuen Gemahlin, Frau Frumke, leben soll sie! Da ich zu Sabbat nach Hause zu kommen gedenke, bitte ich dich...«

Jenseits des Hügels hinter seinem Rücken schlummerte aber der rote Bahnhof und blickte mit starren, halb offenen Augen in die unbekannte Ferne.

Eine gottverlassene Stadt

I.

Der ehemalige Student Burmann, ein Junggeselle von dreißig Jahren, glatt rasiert wie ein Schauspieler, blieb zufällig im langweiligen Grenzstädtchen Dubrowitschi stecken und ließ sich halb im Scherz zum Kronrabbiner wählen. Er versumpfte allmählich und wurde faul und verschlafen; er hörte auf, seiner einzigen Schwester, der buckligen Masseuse, Briefe zu schreiben, ließ sich einen üppigen blonden Schnurrbart stehen und gab jede Hoffnung auf, je wieder auf die Universität zu kommen.

Im letzten Sommer badete er täglich zweimal mit den Herren Beamten im kalten Flüßchen, das sich durch die Stadt schlängelte; fälschte gemeinsam mit dem versoffenen Gemeindeschreiber die Militärmatriken und spazierte oft mit seiner gewesenen Schülerin Manja Riemer, der einzigen Kursistin des Städtchens, die am Sabbat nach Schwues den schwarzlockigen Frojke Tscherkeß geheiratet hatte. Beim Spazierengehen vertraute ihm die kleine und dicke, wie eine Zigeunerin braune Kursistin an, daß sie ihren Mann nicht besonders gern habe, daß die kleine Buchdruckerei, die er sich für ihre dreitausend Rubel angeschafft hatte, ihr nicht gefalle, und daß sie die Absicht habe, gegen den Willen ihres Mannes im Herbst auf die Hochschule zurückzukehren.

Er möchte ihr doch selbst sagen: Was soll sie hier noch länger wie eine Bruthenne auf Eiern sitzen?

Er hörte ihr zu und dachte sich, daß die junge Frau, die jetzt zu ihm sprach, noch vor einem Jahr frei gewesen war und ihnen beiden – ihm und Frojke – gehört hatte, und daß damals jeder von ihnen sie heimlich in die vollen Arme kneifen durfte. Nun hat sie Frojke geheiratet, und die Situation ist seltsam und ungewohnt: Frojke lebt mit ihr in einer gemieteten Dreizimmerwohnung, und er, Burmann, ist allein geblieben und wohnt wie vorher in seiner Junggesellenbude.

Als aber die kühlen Elultage kamen, zeigte sich die junge Frau immer seltener auf der Straße. In der Stadt ging das Gerücht, daß sie mit ihrem Mann in Unfrieden lebe. Nun hatte Burmann wieder nichts zu tun. Er versumpfte noch mehr, wurde noch fauler und verschlafener und begann wieder ab und zu die wohlhabende Witwe Perlis zu besuchen, deren ewig zitternde rothaarige Tochter achttausend Rubel Mitgift und ein gekauftes Diplom eines Mädchengymnasiums besaß. In der Stadt glaubte man, daß Burmann sie nehmen würde.

Jeden Tag, wenn die alte, seit vielen Jahren verwitwete Frau Perlis im stillen Zimmer, in dem noch immer zwei Betten standen und wo es noch immer nach einem alten Ehepaar roch, ihr Nachmittagsschläfchen hielt, kam Burmann durch den Garten und durch die Küche ins Haus. Ohne das Diesntmädchen, das in der Küche das Geschirr spülte, zu beachten, begab er sich in den Salon und setzte sich in den Schaukelstuhl. Stundenlang saß er in Gesellschaft des rothaarigen Mädchens zwischen den weichen Möbeln und den vielen Blumentöpfen, die von einem alten General, der Bankrott gemacht hatte, stammten, und hörte zu, wie sie ihm etwas aus einem neuen, noch ungebundenen, ungemein langweiligen Buch vorlas. Sie las schlecht, mit zitternder, unsicherer Stimme, während ihr der stumpfe, verschämte Gedanke im Kopfe saß, daß Burmann ihr gewesener Lehrer sei und sie nehmen werde. Ihre Stimme zitterte unaufhörlich; er hörte zu und korrigierte hie und da einen Fehler. Allmählich ließ er den Kopf auf die Brust sinken und schlummerte mit dem Gedanken ein, daß draußen jetzt derselbe Herbst beginne, der in seiner Rabbinerseele herrschte, und daß es fern vom langweiligen Grenzstädtchen große, lärmende Städte geben müsse, wo die Menschen sich regten und lebten; daß ihm schon alles gleich sei, und daß er niemals mehr die Freude des Lebens in den großen Städten kosten werde.

Als er einmal an einem trüben Tage nach seinem Schläfchen die Augen öffnete, waren die nach dem Garten gehenden Fenster im Salon der Witwe viel dunkler als sonst um diese Stunde, und frische Regentropfentränen prasselten gegen die Scheiben. Er sah zuerst nur den gesenkten Kopf des rothaarigen Mädchens und konnte im ersten Augenblick nicht begreifen, wo er sich befand. Im anstoßenden Eßzimmer brannte schon die Lampe. Am Tisch, auf dem der Samowar brodelte, saß die Witwe, die eben aufgestanden war, blickte durchs Fenster in den düsteren, unfreundlichen, verweinten Garten, gähnte und dachte an Burmann, der hier in der Stadt Kronrabbiner war; an ihre Tochter, die achttausend Rubel Mitgift hatte; und daß man zu einer Verlobungsfeier den Row, den Schejchet, den Chasen und alle Verwandten zu laden und beim Schein vieler brennenden Lichter einen Teller zu zerbrechen pflegte. Sie war aber zu faul, um diese drei getrennten Gedanken in Verbindung miteinander zu bringen. Im Laufe der vielen ruhigen Witwenjahre hatte sie schon längst jede Lust verloren, folgerichtig zu denken, laut zu sprechen, mit den anderen Frauen des Städtchens zusammenzukommen und sich um fremdes Unglück zu kümmern.

»Schewele, Tochter«, rief sie mit gedehnter Stimme in den Salon, »sag Burmann, daß er zum Tee kommen soll.«

Burmann sah die Augen des Mädchens wie zwei rote Flämmchen im Finstern leuchten. Sie blickte ihn selig an.

»Burmann«, sagte sie mit vor Seligkeit bebender Stimme, »ich glaube, Sie haben geschlafen, nicht wahr, Burmann?«

Er empfand einen dumpfen Ekel vor ihren roten Haaren und ihren Händen, die noch immer das Buch hielten. Zugleich fühlte er, wie sie im Finstern seine Hand streichelte, wie sie sie verlor und wiederfand und wieder streichelte.

Von diesem Tage an stellte er seine Besuche bei der Witwe ein. Nun saß er wieder allein in seiner Junggesellenbude. Alles war da grau und verstaubt; grau waren die Wände, grau die Decke; grau die staubbedeckten Amtsbücher, die ihn so traurig anblickten, als ob sie ihn auf den rechten Weg leiten und ihm sagen wollten: »Burmann, warum tust du nichts? ... Du wirst noch ein schlimmes Ende nehmen, Burmann!«

Er merkte es aber nicht, und versuchte sich darüber klar zu werden, ob er die Tochter der Witwe heiraten könne oder nicht. Er schmunzelte in seinen üppigen blonden Schnurrbart und überlegte sich, wie er seine Schwester, die bucklige Masseuse, in einem scherzhaften Briefe um Rat bitten würde.

»Liebe Schwester«, würde er ihr schreiben, »wenn ich mein ganzes Leben überblicke...« So würde er den Brief beginnen.

II.

Um diese Zeit starb in Dubrowitschi der schwerreiche Melach Goj, und sein Enkel Elische, ein kräftiger, neunundzwanzigjähriger Bursche, kam in einem neuen grauen Anzug, mit einer schweren goldenen Uhr in der Westentasche, aus Nikolajew in seine Vaterstadt zurück. Er erbte das von Bäumen umgebene Haus am grünen äußeren Stadtplatz, eine Leihkasse, deren Kunden ausschließlich Gojim waren, die Fleischsteuerpacht* und zehntausend Rubel bares Geld. Er verzankte sich sofort mit der ganzen Stadt: Die Gemeinde verlangte für die Beerdigung seines Großvaters viertausend Rubel. Er ließ aber den Kreispristaw kommen und beerdigte den Großvater selbst, mit Hilfe zweier Polizeidiener.

Die Krämer hetzten gegen ihn die Fleischer auf, und diese beschlossen, kein Vieh mehr zu schlachten, damit Elische jede Woche zweihundert Rubel an der Fleischsteuerpacht draufzahle. Die Bürger trösteten sich mit dem Gedanken: »Wartet nur, wenn die Stadt durchsetzen will, daß Melach Gojs Enkel betteln gehen soll, so wird es in Erfüllung gehen!«

Elische dachte aber gar nicht daran, den Leuten nachzuge-

* Das koschere (rituelle) Fleisch unterliegt in Rußland einer eigenen Steuer, die jedoch nicht von Regierungsorganen erhoben, sondern an irgendeinen jüdischen Bürger der betreffenden Stadt verpachtet wird. Dieser zahlt an die Staatskasse eine bestimmte Pachtsumme und rechnet selbst mit dem Schlachthaus und den Fleischern ab. Das Geschäft ist oft sehr einträglich.

ben. Er drohte, den Krämern zum Trotz, ein großes Schnittwarengeschäft und eine zweite Druckerei zu gründen. Oft stand er am Fenster des geerbten Hauses, blickte auf die vielen jüdischen Häuser, die sich um den runden Marktplatz drängten, und dachte: »Es wird ihr schon zu dumm werden, dieser ekelhaften Stadt... Es wird ihr zu dumm werden...«

Sonst war er wohl ein lustiger Patron, dieser lebhafte Elische. In der Stadt wußte man, daß er erst vor kurzem ein Mädchen aus Meschbitz, eine berühmte Schönheit ohne einen Pfennig Mitgift, geheiratet hatte, und daß er sie abholen wollte, sobald die weichen Möbel, die er irgendwo auswärts bestellt hatte, kommen würden.

Als er einmal Burmann auf der Straße begegnete, zog er vor ihm höflich den Hut, streifte ihn mit einem schnellen Blick und sagte: »Gott helfe Euch, Herr Rabbiner! Wie steht es mit den Wahlen?«

Burmann bekam in diesem Augenblick etwas Rauch von seiner Zigarette in das eine Auge und mußte es schließen; mit dem anderen Auge blickte er Elische erstaunt und etwas ironisch an. In der Stadt gingen tatsächlich unangenehme Gerüchte über seine bevorstehende Wiederwahl zum Kronrabbiner. Den neuen Fleischsteuerpächter kannte er noch gar nicht; er wußte nicht, was er ihm antworten sollte, und fühlte sich recht ungemütlich. Elische bemerkte aber in diesem Augenblick den schwarzlockigen Frojke Tscherkeß, der gerade aus seiner Druckerei nach Hause ging, und wandte ihm sein flaches, gelblich mattes Gesicht mit den grauen, wie bei einem Schlafe trüben Augen zu.

»Frojke Hirsebrei!« rief er ihm zu. Diesen Spitznamen hatte Frojke vor zwanzig Jahren, als beide in dieser Stadt den gleichen Cheder besuchten, getragen. »Schau ihn nur einer an! Wie nobel der geworden ist... Es paßt ihm gar nicht mehr, mich anzuschauen!«

Frojke, der verschlagene, klug berechnende Geizhals, verkehrte mit keinem Menschen. Zwei oder drei Monate vor seiner

Hochzeit pflegte er aber einige Male am Tage den Rabbiner zu besuchen, ihn in seine fettgepolsterte Brust zu kneifen und dabei so laut zu schreien, daß es alle Nachbarn hörten: »Schaut nur: wie bei einem Mädel! ... So wahr ich Jude bin, wie bei einem Mädel ...«

Jetzt hatte er aber ein langes, abgearbeitetes, immer unrasiertes Gesicht und steckte den ganzen Tag in seiner Druckerei. Nur selten sah man ihn abends mit seiner Frau auf der Straße; und wenn ihn jemand ansprach, ergriff er sofort den Arm seiner Frau wie ein zitterndes Heiligtum und tat so, als ob das, was alle wußten, daß sie ihn nicht liebte, gar nicht wahr wäre. Und er eilte mit ihr nach Hause. Sein abgearbeitetes Gesicht sah dabei so böse und trotzig aus, als ob er sich ein für allemal vorgenommen hätte, in seinem Geschäft und in seinem Eheleben alles nachzuholen, was er in den siebenundzwanzig Jahren seines leeren Externerlebens versäumt hatte.

Auf Elische war er wegen der zweiten Druckerei böse, die jener zu gründen drohte. Darum antwortete er ihm gleichgültig und kühl, wie wenn er ein Hirngespinst vernichten wollte: »Wem paßt es nicht? Wer ist nobel geworden?«

Gleich auf der Stelle brach zwischen ihnen ein offener Kampf aus. Neugierige Passanten blieben stehen und hörten zu.

Elische sagte: »Du meinst, daß ich nicht weiß, daß du mir ebenso feindlich bist wie die ganze Stadt? Daß ich nicht weiß, daß du die Fleischer gegen mich aufhetzt?«

Frojke antwortete, daß er ihn und die ganze Stadt zum Teufel wünsche; daß er sich um ihn einen Dreck kümmere; da aber schon einmal die Rede darauf gekommen sei, so möchte er ihm sagen, daß es ihm ganz recht geschähe ...

Er hätte sich eben nicht der ganzen Stadt widersetzen sollen; er hätte seinen Großvater nicht auf diese Weise beerdigen dürfen.

Ja, er war rings von Feinden umgeben, dieser lustige Elische; er hatte keinen Menschen, mit dem er reden konnte. Einige Tage irrte er noch wie ein Schatten durch die Straßen. Schließlich sagte er sich, daß ihn die Stadt nicht mehr als der vorjährige Schnee anginge. Er fuhr mit einem gemieteten Phaeton nach Meschbiz und kam von dort eines Morgens mit seiner hübschen jungen Frau heim.

An diesem Tage war er wieder lebhaft und zufrieden. Und als er seine Frau zum erstenmal auf dem grünen äußeren Stadtplatz spazieren führte, dachte er weder an die Stadt noch an die Fleischer, die ihn ruinierten, noch an die zweihundert Rubel, die er jede Woche draufzahlte. Den Feinden zum Trotz erklärte er ihr laut und lebhaft: »Siehst du, Fradotschke: dort an der Ecke bei den Pappeln ist das Haus des katholischen Pfarrers, er hat bei sich zwei Mädchen wohnen... Was, du glaubst mir nicht? So wahr ich Jude bin... Er sagt, sie sind seine Cousinen.«

Die Leute standen in den Türen und sahen sie an. Sie war um einen ganzen Kopf größer als Elische und als Frojkes gedrungene, schwarze Frau. Und als sie aus ihrem schwarzen, enganliegenden Kleid einen Fuß hervorstreckte, um einen Schritt zu machen, blickten alle Männer unwillkürlich zu Boden: als ob in diesem hübschen, schlanken Fuß ein besonderer Meschbizer Trick läge, und als ob es sich wirklich lohnte, zu sehen, was mit ihrer ganzen großen, edlen Figur geschehen würde, wenn sie ihren Fuß noch einmal höbe und noch einmal auf den Boden setzte.

Sie hatte ein mattes, längliches, müdes Gesicht, mit einem kaum sichtbaren dunklen Flaum an der Oberlippe, schwarze, etwas hervorstehende, große Augen und noch schwärzere, gestutzte, krause Haare.

Zwei Schneidergesellen, die sich auf schöne Frauenschultern verstanden, gingen sofort eine Wette ein, ob sie unter ihrer halsfreien grünen Jacke ein Hemd anhabe oder nicht. Einer von ihnen rief absichtlich sehr laut: »Narr, es ist heute so eine Mode, so wahr ich Jude bin! ... Die Weiber tragen keine Hemden mehr.«

Elische wandte sich aber nach ihnen gar nicht um. Er bemerkte, daß Burmann vor dem Fenster seiner Wohnung stand. Er ging auf ihn wie auf einen guten alten Freund zu, stellte ihn seiner Frau vor und fragte höflich: »Was sagt Ihr, Herr Rabbiner, zu dem warmen Wetter und zu der schönen Gegend? Es ist doch schön hier bei uns, nicht wahr?«

Sie stand groß und schön gewachsen links neben ihm und betrachtete die »Gegend«, die aus einigen zerwühlten Hügeln und dem Wald bestand, dessen gezackte Silhouette die blaue Luft und den weiten Himmel unten abgrenzte.

»Ja« – sagte sie sich einigemale – »man kann sich hier wohl mit der Zeit leidlich einrichten!« –

Dabei sah ihr Gesicht so ernst und gespannt aus, als ob sie, die Neuangekommene, sich jahrelang von Stadt zu Stadt herumgeschleppt hätte, um einen Ort zu finden, wo sie sich hätte »einrichten« können; es sei gar nicht so leicht gewesen, diesen Ort zu finden; nun hätte sie ihn schließlich doch gefunden und werde ihn so schnell nicht loslassen...

Burmann schlief nachher zwei Stunden in seiner Junggesellenbude. Nach dem Schlaf ging er an Elisches Wohnung vorbei und sah in den Fenstern lange, vornehme Gardinen, die sie gerade anmachen ließ. Eine Gardine hing etwas schief, und hinter dem Fenster tönten die Schläge eines kleinen Hammers. Burmann stellte sich das kühle Zimmer vor, die Sessel mit den hohen Lehnen in den frischen Überzügen und Elisches Frau selbst, wie sie neben dem Dienstmädchen stand und kommandierte: »Schlagt ihn, bitte, etwas höher ein, den Nagel... Noch höher!«

Der Rabbiner schmunzelte in seinen blonden Schnurrbart, wandte sich um und blickte nach dem entgegengesetzten Ende des weiten Platzes, wo das Schild von Frojkes Druckerei kaum sichtbar war. Sein Lächeln wollte sagen: »Menschenskind, was brauchst du dir den Kopf zu zerbrechen, was mit dir morgen sein wird?! Heute kannst du ja das schönste Leben haben, besonders jetzt, wo ein so hübsches Weib in die Stadt gekommen ist!«

III.

Am nächsten Morgen gegen elf saß Burmann bereits im selben Zimmer, wo gestern die Gardinen angemacht wurden, und unterhielt sich höflich und wohlerzogen mit Elisches Frau. Es zeigte sich, daß die hübsche, schön gewachsene Person auch klug und weltgewandt war. Die Meschbizer Offiziere, mit denen sie sich seit ihrem vierzehnten Lebensjahr herumgetrieben hatte, hatten sie so gut abgerichtet, daß sie nun von niemand mehr zu lernen brauchte, wie man sich mit einem Menschen unterhält. Sooft ihr der Rabbiner ein Kompliment machte, lachte sie auf, nestelte mit der Hand an der Frisur und schrie lustig zu Elische ins Arbeitszimmer hinüber: »Elische, hörst du, was Herr Burmann von mir sagt?«

Wenn sie lachte, klang ihre Stimme voll und tief und bebte zugleich mit ihrem ganzen Körper. Zu dieser Stimme paßte es so gut, daß sie eine Schwäche für hübsche Männer hatte, und daß sie jeden Augenblick die Worte fallen ließ: »Ich habe also einen Bekannten, einen Offizier...«

Beim zweiten Besuch Burmanns maß sie sich bereits mit ihm, wer von ihnen größer sei und wer dem andern die Hand fester zusammendrücken könne. Beim dritten Besuch traten sie beide auf seinen Wunsch vor das schwarzglänzende Klavier, das sie von zu Hause mitgebracht hatte, und sie zählte ihm eine lange Liste von Stücken auf: Sie spiele den »Sturm auf der Wolga« und ein rumänisches Volkslied und »Ave Maria«. Wenn er »Ave Maria« hören wolle, so brauche sie keine Noten; sie könne das Stück auswendig; es fange so an...

Ihre Finger liefen schnell und frei über die Tasten und warfen einen Akkord nach dem anderen in die Luft des Zimmers. Ihr Spiel erschien Burmann sehr schön und kunstvoll. Ihr selbst schien es nicht die geringste Mühe zu machen, denn sie brachte es fertig, ohne das Spiel zu unterbrechen, mit dem Dienstmädchen zu sprechen, das in der Tür rechts vom Klavier erschienen war. Sie sagte dem Dienstmädchen, daß sie mit ihr morgen selbst auf den Markt gehen wolle, und daß sie, wenn sie an Fußschweiß leide, sich aus der Apotheke ein Pulver holen und es in die Strümpfe streuen solle.

Beim vierten Besuch band sie ihm die Krawatte nach ihrem Geschmack und zupfte seinen Rock rückwärts zurecht, damit der Hemdkragen nicht herausschaue. Burmann hielt still, geduldig wie ein Ochse, lächelte in seinen blonden Schnurrbart und ließ sich alles gefallen. Sein Gehirn und seine Augen waren wie berauscht, sooft seine Hand ihre warme und weiche Hand berührte. Soviel er sich an seine früheren Erfahrungen erinnerte, mußte man Frauen dieser Art gleich im ersten Ansturm erobern.

Am selben Tage hatte er folgendes Erlebnis.

Sie standen beide zufällig am offenen Fenster und sahen einer vorbeifahrenden Gutsbesitzerequipage nach. Er fühlte die Wärme ihrer Hüfte, die sich eng an die seinige schmiegte, und sah sich vorsichtig um, ob nicht jemand im Zimmer sei. Er hatte schon die Hand ausgestreckt, um sie um die Taille zu nehmen und an sich zu drücken. Im gleichen Augenblick rückte sie von ihm so schnell fort, daß ihr die kurzen, schwarzen Haare ins Gesicht fielen, und packte seine nach ihr ausgestreckte Hand.

»Burmann«, sagte sie gleichgültig und kühl, die Haare aus dem Gesicht zurückstreichend, einen zufällig aufgegangenen Knopf rückwärts an der Jacke zuknöpfend und ihm gerade in die Augen blickend, »Burmann, so benimmt man sich nicht...«

Burmann war das ganze Blut in den Kopf gestiegen, und es kam auch ihm selbst merkwürdig vor, daß sein blutunterlaufenes Gesicht noch immer lächelte. Sie stand aber nicht mehr neben ihm. Beide Hände leicht in die Hüften gestemmt, ging sie ins Eßzimmer und von dort ins Vorzimmer. Er hörte sie zu Elische ins Arbeitszimmer rufen: »Elische, du könntest doch wirklich dem Dienstmädchen sagen, daß sie deine Gummischuhe abwaschen soll. Es macht sich gar nicht schön, wenn die schmutzigen Gummischuhe gleich vor der Tür stehen.«

Burmann mietete sich bald nach diesem Besuch einen Wagen und fuhr auf die Nacht nach Kamenez, wo er schon längst verschiedenes zu besorgen hatte. Das Erlebnis mit Elisches Frau kam ihm wie ein dummer Scherz vor. Diese Person aus Meschbiz hatte schon sowieso einen schlechten Ruf; seit ihrem vierzehnten Lebensjahr hatte sie sich ja mit Offizieren herumgetrieben...

In Kamenez brachte er in Erfahrung, daß seine gottverlassene Stadt für die im Winter stattfindenden Neuwahlen bereits einen neuen Kandidaten für den Rabbinerposten aufgestellt hatte, und zwar einen Hauslehrer aus Odessa, den Sohn eines der ortsansässigen Krämer. Ferner erfuhr er, daß im Grand Hotel seit vierzehn Tagen ein junger Mann wohne, der um die Tochter der Witwe Perlis freie, und daß das rothaarige Mädel mit ihm bereits mehrere Zusammenkünfte gehabt habe. Der versoffene Schadchen des Städtchens sprach ihn auf der Straße an und berichtete, ihn wie aus einem Schnapsfaß anhauchend, daß die Partie sicher zustande kommen werde, und daß auch schon die Witwe mit der Tochter nach Kamenez gekommen sei, um neue Kleider für die Verlobung machen zu lassen. Er erzählte ihm auch, daß Elisches Frau nichts Rechtes sei, und daß ein Schadchen aus Meschbiz ihn gestern auf der Straße einen Meschbizer Offizier gezeigt habe, mit dem sie ein Jahr lang ein Verhältnis gehabt hätte.

»Nein, wirklich?« fragte er den alten Trunkenbold. Er lächelte in den Schnurrbart und ließ seine Blicke planlos über die belebte Straße schweifen. Er sah, wie die Witwe mit der Tochter, von einem Damenschneider, einem Kürschner und einer Putzmacherin begleitet, von einem Laden zum andern ging, und wie die Verkäufer vor jedem Laden sich mit großer Freude auf sie stürzten.

Er wunderte sich selbst darüber, daß ihn alles so gleichgültig ließ, und daß ihn selbst seine abgetragenen und abgewetzten Kleider, die in dieser geputzten Stadt auffallen mußten, gar nicht genierten. Er sehnte sich nach Hause, nach Elisches Wohnung und noch mehr nach Elisches schlanker Frau, die ihm, Burmann, keinen Skandal gemacht hatte, und von der niemand wußte, warum sie eigentlich Elische geheiratet hatte. Viel deutlicher als vorher stellte er sich ihre Stimme vor, die er gestern vor der Abreise gehört hatte: Er stand in der Ecke neben dem offenen Fenster und hörte mit Herzklopfen, wie sie im Nachbarshof mit der Wäscherin, einer heruntergekommenen Adligen, unterhandelte: Wenn sie die Wäsche ordentlich waschen würde, werde sie von ihr jede Woche für zwei Tage Arbeit bekommen.

Burmann zeigte sich am nächsten Tage gegen eins, nachdem er nach der Reise ausgeschlafen hatte, auf dem grünen äußeren Stadtplatz. Elisches Frau bemerkte ihn schon aus der Ferne. Sie stand am offenen Fenster ihres Schlafzimmers und rief ihn zu sich heran.

»Burmann«, sagte sie ihm, sich vorsichtig nach allen Seiten umblickend, »sind Sie verrückt geworden? Warum sind Sie plötzlich verschwunden? ... Ich war gestern zweimal bei Ihnen in der Wohnung.«

Während sie das sagte, fuhr sie ihm so schnell und so geschickt mit der Hand über das Haar, daß der Mehlhändler, der gegenüber in der Tür seines Ladens stand, nichts davon bemerkte.

Sie hatte ihre grüne Jacke mit den kurzen Ärmeln an, und ihre Augen waren wie trunken. Er begriff sofort, warum sie sich so vorsichtig nach allen Seiten umgesehen und ihn aufgefordert hatte, zu ihr zu kommen. Schmunzelnd trat er ins Haus, verworrene Gedanken zogen ihm durch den Kopf. Er wußte ganz sicher, daß Elische um diese Stunde nicht zu Hause war und daß er, Burmann, in diesem Augenblick seine ganze Zukunft aufs Spiel setzte; er wußte ja sowieso nicht, wohin er aus dieser Stadt fortziehen könnte, die für den Winter einen neuen Kandidaten für den Rabbinerposten aufgestellt hatte. Und als er mit ihr über die Schwelle ihres Schlafzimmers trat, ging ihm ein neuer Gedanke durch den Kopf: »Dummkopf, die ganze Welt ist ein Dreck... So wahr ich Jude bin!«

Sie brannte vor Ungeduld, mit ihm allein zu sein. Sobald sie allein im Zimmer waren, schloß sie die Tür so schnell und so geräuschvoll, daß das Dienstmädchen mit nassen Händen barfuß aus der Küche gelaufen kam und sich verwundert umsah. Dem Dienstmädchen kam es vor, daß dort im Schlafzimmer hinter der verschlossenen Tür etwas Ungewöhnliches vor sich ging.

IV.

Die Kursistin Manja Riemer wollte sich von ihrem Mann Frojke Tscherkeß scheiden lassen. Darüber wurde schon viel in der Stadt und auch in Elisches Hause geredet.

Elische kam eines Morgens vom Markt heim und erzählte in freudiger Erregung seiner Fradotschke und Burmann, die einander gegenüber im Salon saßen: »Hört nur: sie will ihrem Frojke wirklich den Laufpaß geben!«

Und er beteuerte eifrig und laut: »So wahr ich Jude bin! Dumm seid ihr, wenn ihr es mir nicht glauben wollt! Das ganze Haus ist jetzt voll Geschrei: Manja fordert von ihm ihre geerbten dreitausend Rubel zurück und will wieder auf die Kurse ziehen!«

Fradotschke hatte eine gute Auffassungsgabe und war eine gute Rechnerin. Nicht umsonst pflegte Elische zu prahlen, daß sie jeden beliebigen Betrag in einem Augenblick in Gilden umzurechnen verstünde. Obwohl noch keine zehn Minuten vergangen waren, seitdem sie sich hier in diesem selben Salon mit Burmann in einer recht verfänglichen Situation befunden hatte, behielt sie doch ihren Kopf und fragte kaufmännisch und klug: »Wie soll ihr Frojke das Geld zurückzahlen, wenn er die ganzen dreitausend Rubel in die Druckerei hineingesteckt hat?«

Rabbiner Burmann erwiderte darauf nichts. Das eine Bein vornehm über das andere geworfen, saß er, mit der Miene eines Menschen, der über alle diese Dinge erhaben ist, Fradotschke gegenüber und schwieg wie ein gesetzter Engländer. Er hatte sich schon auf Fradotschkes Wunsch seinen Schnurrbart abrasiert und trug einen nagelneuen schwarzen Herbstüberzieher. Der

Überzieher war bis an den Hals zugeknöpft; Fradotschke hatte ihn vorher zurechtgezupft und beteuert, daß Burmann in diesem Anzug wie ein junger Doktor aussehe. Als Elische plötzlich nach Hause gekommen war, fühlte sich Burmann etwas unbehaglich und konnte ihm nicht in die Augen schauen. Fradotschke hatte das aber auch schon bemerkt. Sie kniff ihn sehr geschickt von rückwärts und rief, sich zum Fenster wendend: »Schaut nur, da geht er gerade vorbei, der Frojke!«

Alle drei drängten sich ans Fenster und verfolgten Frojke, der in seine Druckerei ging, mit den Augen. Nein, dem schwarzlokkigen Geizhals konnte man wirklich nichts ansehen. Er schien genau wie früher ganz von seinem Geschäft in Anspruch genommen und mit noch größerem Trotz auf den Profit versessen.

Der Rabbiner begab sich direkt von Elische zu Frojke in die Druckerei und lächelte unterwegs vor sich hin. Als er in die Druckerei kam, setzte er sich auf irgendeine schwere, schmutzige Kiste und sagte zu Frojke: »Dummkopf, die ganze Welt ist ein Dreck, so wahr ich Jude bin...«

Er dachte dabei an sich selbst, an seine eigene hilflose Lage in dieser Stadt, die ihn nicht länger mochte und einen neuen Kandidaten für den Rabbinerposten aufgestellt hatte; an seine Erlebnisse mit Elisches Frau und auch an Frojke, den seine Frau verlassen wollte. Sein Ausspruch machte aber auf Frojke nicht den geringsten Eindruck. Die Druckerei hatte soeben zwei dringende große Aufträge von der Semstwoverwaltung bekommen. Frojke wühlte mit seinen schwarzen Händen in den Kästen herum und suchte irgendeine neue Schrift. Vor einem Tisch kauernd, antwortete er Burmann kühl und gleichgültig, als ob er schon selbst längst zu der gleichen Einsicht gekommen wäre: »Gewiß ist sie ein Dreck... Mensch, ist es denn etwas Neues?«

Und er ging ins andere Zimmer, wo zwei Setzer arbeiteten, und herrschte einen von ihnen an: »Fertig, was? Was schweigst du? Weck den Goj! ...Laß die Maschine laufen, ausschlafen wirst du zu Hause bei deiner Frau.«

Bald darauf kam Burmann schon wieder eines Morgens zu

Elisches Frau. Elische hatte ihn selbst von der Straße mitgebracht. Er ging zu seiner Frau ins Schlafzimmer und rief freudig: »Fradotschke, ich habe dir den Rabbiner mitgebracht. Komm schnell her... Spiele ihm etwas auf dem Klavier vor.«

Gleich darauf kam er mit Tinte und Feder und einem sauberen Bogen Papier zurück und bat Burmann: »Herr Rabbiner, seid so gut und setzt mir eine Bittschrift an den Friedensrichter auf. Macht es, bitte, so kunstvoll, daß es ihn bei der Leber packt.«

Damit der Rabbiner sich nicht verletzt fühle, wandte er sich gleich an Fradotschke: »Närrchen, er versteht sich ausgezeichnet darauf. Alle deine Meschbizer Advokaten wären froh, wenn sie es ebenso gut machen könnten wie er.«

Fradotschke kam im Morgenkleid aus dem Schlafzimmer und sagte, daß Burmann schlecht aussehe und daß man ihn nicht mit dem Schreiben von Bittschriften behelligen dürfe.

Elische möchte doch so freundlich sein und dem Dienstmädchen sagen, daß sie dem Herrn Rabbiner ein Glas warme Milch bringt.

Kaum hatte Elische das Zimmer für einen Augenblick verlassen, als sie schon dicht neben Burmann saß, und eines ihrer warmen Knie das seinige berührte. Sie fragte ihn, ob er sich nach ihr gesehnt habe. In diesem Augenblick ertönten im Vorzimmer einige abgerissene Schreie, und Elische und das Dienstmädchen stürzten aus dem Hause in solcher Aufregung, als ob sie zu einer Feuersbrunst liefen. Als Fradotschke und Burmann vor die Tür traten, liefen die Leute von allen Enden und Ecken der Stadt in der Richtung zu Frojkes Druckerei. Das Dienstmädchen stellte einen Burschen, der von dort eben zurückkam, und fragte ihn, was los sei. Burmann kam näher und hörte, wie der Bursche berichtete: »Nichts Besonderes... Manja Riemers Onkel, der von vornherein gegen diese Heirat war, ließ sich von ihr eine Vollmacht ausstellen und legte Beschlag auf die Druckerei. Eben war er mit dem Gerichtsvollzieher da und ließ an den Türen Siegel anbringen. Manja selbst ist schon fort: gestern ist sie nach Kiew auf die Hochschule gefahren.«

Burmann begab sich zur Druckerei, und erblickte mitten in einem Menschenhaufen Frojke. Während ihn drei Männer festhielten, drohte er, den Onkel seiner Frau zu erschlagen und die Siegel des Gerichtsvollziehers herunterzureißen. Er gebärdete sich wie rasend, so daß die Leute, die ihn an den Händen festhielten, fürchteten, er würde mit den Füßen und sogar mit dem Kopf um sich schlagen. Als man ihn schließlich los ließ, beruhigte er sich ein wenig, holte tief Atem und sah sich mit solchem Haß und solchem Erstaunen um, als hätte er die Leute erst eben bemerkt: »Was steht ihr da? Was gibt's da zu gaffen?«

Er setzte sich auf das Treppchen vor seiner versiegelten Druckerei und versank in Gedanken. Vielleicht dachte er jetzt an Manja, von der man in der Stadt behauptete, daß sie in Kiew einen Studenten habe.

Vielleicht dachte er nur an sich selbst, an die viele Mühe, die er in die Druckrei hineingesteckt hatte, und an seinen Trotz, der ihn doch zu nichts geführt hatte.

Fradotschke und Elische kamen in diesem Augenblick näher, und Fradotschke sagte dem Rabbiner, der nachdenklich dabeistand: »Kommt, was sollen wir hier noch länger stehen.«

Allmählich zerstreute sich die Menge. Fradotschke wollte, daß der Rabbiner mit ihnen zum Essen mitkäme.

Er sei so abgemagert. Bei sich zu Hause bekomme er doch sicher nichts Gescheites zu essen...

Der Rabbiner schwankte noch und lächelte vor sich hin. Elische packte ihn aber am Kragen und schleppte ihn eine Strecke mit.

»Schau nur, was er für Geschichten macht... Kommt mit, sagt man Euch!« ...

V.

Frojke Tscherkeß ging nun zwei Tage nicht aus dem Hause. Er saß ganz allein in seiner Wohnung und dachte unaufhörlich an Manja:

Einen Scheidebrief soll er ihr geben? Fällt ihm nicht im Traum ein...

In den drei frisch tapezierten Zimmern war alles noch in derselben Unordnung wie am Tag ihrer Abreise. Die Betten waren noch ebenso zerwühlt wie in dem Augenblick, als sie ihre zwei Kissen unter der gemeinsamen Bettdecke herauszog. Im winzigen Eßzimmer lagen auf dem Tisch einige trockene Brotrinden und stand ein Teller mit den Überresten eines Herings. Unruhige Fliegen summten über dem Teller. Draußen regnete es, und in den drei kleinen Zimmern war es ebenso dumpf und schwül wie in einem frischgestrichenen Eisenbahnwagen dritter Klasse. Frojke fiel es gar nicht ein, die Fenster zu öffnen oder jemand zu bitten, die Stuben zu kehren.

Aber eines Abends, als es zu regnen aufhörte, sagte er sich plötzlich, daß es unsinnig sei, allein zu Hause zu sitzen. Er rasierte sich zum erstenmal seit vierzehn Tagen den Bart, wusch sich und nahm, der ganzen Welt zum Trotz, seinen neuen, fast gar nicht getragenen Anzug aus dem Schrank. Während er ihn anzog, sagte er sich, daß er ja noch tausend Rubel bares Geld habe und wohl nicht zugrunde gehen würde.

»Ich kümmere mich um Manja wie um den vorjährigen Schnee.«...

Als er aber aus dem Hause trat, blickte er sich vorsichtig um, ob nicht jemand von der Familie seines Hausherrn draußen auf dem Treppchen sitze.

Es war spät am Nachmittag. Der samtweiche, dünne, herbstliche Straßenschmutz zog sich schimmernd vom runden, schlechtgepflasterten Marktplatz bis zu den letzten Häusern der Stadt. Im Fenster eines der letzten Häuser erschien der Kopf einer Bürgertochter, und ein schwarzes, vor Neugier brennendes Augenpaar streifte sein Gesicht und blickte ihm lange nach. Das Mädchen kannte ihn nicht näher, es wollte nur sehen, wie er jetzt ausschaute.

An der nächsten Ecke standen vor einem Bretterzaun zwei Juden und betrachteten das Holz, das sie von einem Goj gekauft hatten und das man vor einigen Stunden hier abgeladen hatte. Der eine war der Besitzer eines der nächsten Häuser, der andere – sein Kompagnon, der jenseits des runden Marktplatzes wohnte. Beide fanden, daß sie das Holz sehr billig gekauft hatten; plötzlich sahen sie nicht mehr auf das Holz und begleiteten Frojke mit den Blicken. Der eine von ihnen sagte absichtlich so laut, daß Frojke es hören sollte: »Nun, was sagst du zu ihm? Er ist, Gott sei Dank, schon wieder Junggeselle!«

Alle haßten ihn, weil er, ebenso wie Elische, so spät sein Externerleben aufgegeben und solchen Hochmut aus den großen Städten, in denen er sich herumgetrieben, mitgebracht hatte, und weil er ebenso wie jener weder des Schejchets noch der Gemeinde und des Rows bedurfte. Die ganze Stadt freute sich über sein Unglück, und er hatte niemand, dem er sein Herz ausschütten konnte.

Am nächsten Morgen begegnete er Elisches Frau, die mit dem Dienstmädchen vom Markt heimging. Er blieb stehen und sah ihr lange nach. Nachher konnte er den ganzen Vormittag keinen Platz finden. Einige Male machte er sich auf den Weg zu seiner versiegelten Druckerei, wo er doch nichts zu suchen hatte. Er betrachtete sie aus der Ferne, seufzte und ging wieder nach Hause. Aber in seiner Wohnung war es noch ebenso dumpf, unordentlich und ungemütlich wie gestern. Er versperrte die Wohnung von außen mit einem Vorhängeschloß und begab sich wieder auf den Markt. Dort fing er einige Bruchstücke von Gesprächen auf, die sich mit Elische und den Fleischern beschäftigten. Schließlich schlug er den Weg zu Elisches geerbtem Haus ein, das der ganzen Stadt so verhaßt war. Im Gehen dachte er daran, wie mitleidig ihn alle anschauen würden und wie er Elische sagen würde: »Narr, glaubst du wirklich, daß ich so unglücklich bin? Ich werde eben wieder Apotheker!«

Als er ins Vorzimmer von Elisches Wohnung trat und durch die zurückgeschlagene Portiere im dritten Zimmer, das wohl der Salon war, die übereinandergeschlagenen Beine des Rabbiners erblickte, hatte er plötzlich den Wunsch, auf Elisches Frau einen Eindruck zu machen. Mit der unternehmungslustigen Miene eines Bauernburschen, der sich zu tanzen anschickt, schlug er mit der flachen Hand auf seinen Strohhut, der die Fasson eines Tropenhelms hatte, hob die Achseln, verzog das Gesicht zu einer idiotischen Grimasse und schrie so laut, wie er in seiner glücklicheren Junggesellenzeit zu schreien pflegte: »Grüß euch Gott alle miteinander!« ...

Als Elische auf diesen Schrei aus seinem Arbeitszimmer heraussprang, hatte Frojke bereits eine glatte Ausrede für seinen Besuch: Er sei gekommen, um Elische zu fragen, warum noch niemand versucht habe, zwischen ihm und den Fleischern Frieden zu stiften. Elische könne einem wirklich leid tun und ebenso die Fleischer...

Elische maß ihn vom Kopf bis zu den Füßen und bohrte seine trüben Schafsaugen in ihn: »Schau nur, wie mitleidig er plötzlich geworden ist! ... Die Fleischer tun ihm leid.« ...

Frojke errötete wie beleidigt und versuchte sich zu rechtfertigen: »Menschenskind, sage ich denn, daß ich nur mit den Fleischern Mitleid habe? Ich sage, daß auch du mir leid tust. Was hat es für einen Sinn, so mir nichts dir nichts jede Woche zweihundert Rubel draufzuzahlen?« ...

Von nun an war Frojke ständiger Gast in Elisches Haus. Sein eigenes Heim kam ihm wie eine Hölle vor. Auf dem Eßzimmertisch stand noch immer der Teller mit den Heringresten. Zu Hause nächtigte er nur; sonst verbrachte er seine ganze freie Zeit bei Elische, dem er sich als Vermittler in der bewußten Streitsache anbot.

Jeden Morgen stand er auf dem Markt und unterhandelte mit

zwanzig hartköpfigen Fleischern. Die Krämer machten hinter seinem Rücken Witze über ihn. Sie haßten ihn und trauten ihm nicht. Er schenkte ihnen aber nicht die geringste Beachtung und suchte den Fleischern zu beweisen, daß es auch ihr Schaden sei, wenn sie kein Vieh mehr schlachteten.

Sie möchten es sich doch selbst überlegen: Was erreichten sie mit ihrem Streit, wenn die Schächter doch sowieso Geflügel schlachteten?

Den halben Tag verbrachte er beim Row und schwitzte in einer Versammlung von Bürgern, die Elische die Beerdigung seines Großvaters nicht verzeihen konnten und immer wieder auf sie zurückkamen: »Sowas hat ja die Welt noch nicht gesehen!« ...

Er verzog heuchlerisch das Gesicht, zuckte die Achseln und machte ungeduldige Gebärden.

»Gut, ihr habt recht, die Sache ist wirklich unerhört. ... Ich bin ja auch der gleichen Meinung. Aber was hat die Gemeinde erreicht?!«

Müde und heiser, seine Mühe beinahe bereuend, kam er erst in der Abenddämmerung zu Elische. Man gab ihm hier zu essen und zu trinken und hörte seinen Bericht über seine Tätigkeit an. Hastig und bekümmert einen Bissen nach dem andern, wie nach einem langen Fasttag, herunterschlingend, berichtete er über die letzten Neuigkeiten und rief jeden Augenblick den Rabbiner Burmann zum Zeugen an: »Burmann, hörst du, was Elische sagt? Wenn ich den Frieden zustande bringe, gibt er mir für die Vermittlung einen ganzen Hunderter.« ...

Fradotschke hörte interessiert zu und beteiligte sich an den Unterhandlungen. Jeden Augenblick tuschelte sie mit Elische: »Elische, komm mal für einen Augenblick ins Arbeitszimmer ... Ich muß dir noch etwas sagen.«

Und als es Nacht wurde, setzten sich alle in den Salon an den Kartentisch und machten sich an ihre wichtigste Arbeit, auf die sie den ganzen Tag gewartet hatten.

Frojke blieb fast jedes Mal bis spät nach Mitternacht da.

Das dunkle Städtchen lag in sicherem, festem Schlummer. Auf der Meschbizer Straße kam in trägem, nächtlichem Trab ein vollbepackter Wagen an.

Die Fahrgäste wandten ihre Gesichter unwillkürlich dem einzigen wachen Hause zu, und alle Herzen fühlten sich zu den beleuchteten Fenstern hingezogen, wie wenn dort ihr Glück wohnte.

Manchmal hörten die Spieler die Tür im Vorzimmer knarren. Sie hoben die Augen von den Karten und blickten zur Tür. Es war aber nur der Hausknecht Jan, der nachts das Haus und den Garten zu bewachen hatte.

»Jan«, fragte man ihn spaßeshalber auf Jiddisch, »was gibt es draußen?«

Jan verstand die Frage und antwortete im gleichen Ton, in gebrochenem Jiddisch: »Es ist finster draußen, Herr!«

Alle lachten, und Jan bekam ein ganzes Dutzend Zigaretten.

Elische spielte mit großem Ernst, machte niemals Fehler und ließ die anderen verlieren. Beim Kartenspiel dachte er niemals an seine Streitigkeiten mit der Gemeinde, die ihn sonst so nervös und aufgeregt machten. Er war so sehr in das Spiel vertieft, daß er gar nicht merkte, was um ihn vorging. Frojke wußte aber, daß zwischen Fradotschke, die erst vor kurzem mit Elische getuschelt hatte, und Burmann, der ihr gegenüber saß, unter dem Tisch ein ernstes Zwiegespräch mit den Füßen geführt wurde. Er wurde neidisch und versuchte manchmal, sich mit seinem Fuß in das Gespräch einzumischen, wie wenn er sagen wollte: »Laßt mich doch mitspielen... Warum auch nicht?«

Als Antwort bekam er sofort einen kräftigen Stoß mit dem Fuß: »Misch dich nicht ein... Es geht dich nichts an.«

Er hatte den Eindruck, daß dieser Stoß nicht von Burmann, sondern von Fradotschke käme, die sich im selben Augenblick an ihren Mann wandte: »Wart einmal, wie konntest du meine Karte mit dem Pik König stechen?«

Später sah er, wie sie Burmann ins Vorzimmer begleitete und ihm Elisches Überzieher gab, damit er sich nicht erkälte. Und er hörte sie sagen: »Burmann, Sie müssen morgen unbedingt wiederkommen. Hören Sie, was ich Ihnen sage, Burmann?«

Wenn er zusammen mit Burmann Elisches Haus verließ, kam ihm jedesmal der Gedanke an sein ödes Heim, wo er nächtigen mußte. Nach längerem Schweigen wandte er sich zu Burmann: »Narr, du bist doch ein glücklicher Mensch! Glaubst du, daß alle solches Glück haben wie du?«

Da es ihm vorkam, daß Burmann die Andeutung nicht verstanden habe, fügte er hinzu: »Was willst du noch mehr? Elische versorgt dich mit seiner Frau, mit seiner Wohnung und sogar mit Essen.«

Aber Rabbiner Burmann, der in der letzten Zeit ziemlich fett geworden war, erwiderte darauf kein Wort. Er schmunzelte nur und ging schweigend nach Hause.

VI.

Frojke erreichte schließlich, daß die Gemeinde sich bereit erklärte, von Elische nur fünfhundert Rubel zu nehmen. Außer Frojke hätte es wohl niemand durchsetzen können. Er war sehr zufrieden und wandte sich jeden Augenblick an Fradotschke: »Was sagt Ihr dazu?... Was wollt Ihr mehr?«

Es stellte sich aber heraus, daß die Fleischer eine besondere Entschädigung verlangten, weil sie einen ganzen Monat nicht geschlachtet hatten; Frojke hatte also noch mit ihnen eigens zu unterhandeln. Elische mußte sich dem Urteil fügen, das der als Schiedsrichter angerufene Row gefällt hatte.

Nach diesem neuen Urteil durfte Elische nicht mehr ins Schlachthaus kommen. Und die Fleischer hatten nicht mit ihm, sondern mit ihrem eigenen Vertrauensmann abzurechnen, für den der Row die Haftung übernahm.

Elische fuhr beinahe aus der Haut und raufte sich das Haar.

»Diese Räuberbande! Was ist das für ein Frieden?! Alle meine Feinde werden über mich lachen!«

Frojke ging wieder an die Arbeit und vollbrachte wahre Wunder. Er machte Elische darauf aufmerksam, daß die hohen Feiertage vor der Tür stünden und daß er im Laufe von drei Wochen an der Fleischsteuer mehr verdienen könne, als er in den anderthalb Monaten draufgezahlt habe. Elische hielt Frojke für energisch und klug, glaubte aber, daß er ihn im Grunde genommen hasse und sich wegen des versprochenen Hunderters solche Mühe gebe.

»Ja, verdienen!« ... äffte er ihn nach und sah ihn noch böser als sonst mit seinen trüben Augen an.

Frojkes Worte machten auf ihn doch Eindruck. Er ließ die Fleischer mit ihrem Vertrauensmann abrechnen und verbrachte zwei Tage in seinem Arbeitszimmer mit der Verrechnung, wieviel ihm die Kapores allein einbringen würden. Das Resultat übertraf seine Erwartungen, und Frojke triumphierte wieder: »Nun, was habe ich gesagt?«

Plötzlich verbreitete sich aber in der Stadt das Gerücht, daß die Fleischer mit den Friedensbedingungen unzufrieden seien und das Schlachten wieder einstellen wollten. Ruhige Bürger, die sonst keiner Fliege etwas zu Leide taten, standen den ganzen Tag auf dem Markte und klärten die Fleischer auf: »Verrückt seid ihr! Was geht's euch an, daß die Gemeinde mit ihm Frieden geschlossen hat? Es blieb ihm ja sowieso nichts anderes übrig, als auf die Fleischsteuerpacht zu verzichten und von hier fortzuziehen.«

Auf dem Markt trieb sich der versoffene Schadchen herum, den die Krämer mit etwas Branntwein bestochen hatten. Er schneuzte sich die Nase mit einem großen Stück Packpapier, das er nach Gebrauch wieder in die Tasche steckte, und redete von Elisches berühmter Frau: »Wer, der Offizier, mit dem sie das Verhältnis gehabt hat? Er schickt auch jetzt noch ihrer Mutter hundert Rubel im Monat!«

Die Leute kugelten sich vor Lachen. »Wer?« fragten sie ihn, wer schicke ihrer Mutter hundert Rubel im Monat?

Er beteuerte, wie wenn ihn die Krämer wirklich nicht verstanden hätten: »Der Dragoner, mit dem sie ein ganzes Jahr zusammen gelebt hat, so wahr ich Jude bin.« ...

Elische schäumte vor Wut. Er wollte auf den Markt laufen, um dem alten Trunkenbold den Schädel einzuschlagen. Frojke mußte ihn an den Händen festhalten.

»Dummkopf!« schrie er ihn an. »Bleib zu Hause, die Leute werden sich schon beruhigen. Die Stadt kann ja jetzt vor den Feiertagen nicht ohne Fleisch bleiben!«

Abends erwischte Elische den schmutzigen Schadchen auf dem leeren Stadtplatz und schlug ihn blutig.

Fradotschke war nicht zu Hause: Sie war mit Burmann vor die Stadt spazieren gegangen.

In der Stille des Abends ertönten plötzlich die herzzerreißenden Schreie des geprügelten Alten. Alle Leute ergriff ein panischer Schrecken. Kräftige Burschen liefen von allen Enden der Stadt zum Stadtplatz, im Finstern einander überschreiend und überrennend. In der Luft schwebte das Grauen, das einer erbarmungslosen Schlägerei vorauszugehen pflegt. Irgendwo heulten Kinder, wie wenn sie einen Erschlagenen beweinten. Das Licht einer elektrischen Taschenlampe glitt durch die finstere Straße und traf den Fuß eines zum Tatort rennenden Bürgers.

Als die Leute auf den leeren Stadtplatz kamen, fanden sie dort nur den Alten vor. Geduckt und erschrocken saß er auf der Erde und fing mit der Hand das Blut auf, das ihm aus der Nase tropfte. Er zitterte und schluchzte: »Ach, er hat mich erschlagen, der liederliche Kerl, der Bastard... Ach, hat er mich verbleut.« ...

Kinder!« rief jemand laut. »Das darf man ihm nicht schenken!«

Im selben Augenblick erdröhnten zwei Donnerschläge.

Elische hatte bei sich im Garten zwei Revolverschüsse abgegeben. Den ersten Schuß aus Freude und den zweiten, damit die Leute wissen, daß er vor ihnen keine Angst habe.

Den verprügelten Schadchen führte man nachher von einem Bürger zum anderen.

Sollten nur die Leute sehen, wie ihn der Mörder zugerichtet hatte.

Der Alte stöhnte und winselte, obwohl er keinen Schmerz mehr spürte. Man hatte ihm eingeredet, daß er von Elische Schmerzensgeld verlangen könne. Die Fleischer gingen ihm nach und sagten, daß sie von morgen an nicht mehr schlachten würden.

Frojke kam zu Elische gelaufen. Er war ganz außer sich, daß der Hunderter für die Vermittlung ihm wieder entgleiten wollte. Wie besessen rannte er in Elisches Eßzimmer auf und ab.

Hat er es denn nicht vorher gewußt, daß Elische sich selbst und alle Menschen, die ihm in die Nähe kommen, unglücklich machen wird?

Fradotschke, um deretwegen das ganze Unglück geschehen war, saß abseits. Sie war soeben vom Spaziergang mit Burmann heimgekommen, ihr Gesicht war rot, und sie fühlte sich nicht ganz wohl.

»Ich weiß gar nicht, was du auf einmal hast!« sagte sie einigemal. »Wenn ein alter Trunkenbold schwatzt, braucht man sich doch nicht mit ihm auseinanderzusetzen.«

Elische sah sie zum erstenmal seit der Hochzeit böse an: »Ja, er schwatzt!« äffte er sie nach: »Er schwatzt!«...

Dann wandte er sich zu Frojke, der in diesem Augenblick in großer Erregung das Zimmer verließ. Er empfand ihm gegenüber denselben Haß wie gegen die ganze Stadt und rief ihm nach: »Soll er nur gehen... Niemand hat ihn hergebeten.«...

VII.

Fradotschke fühlte sich beleidigt und sprach mit Elische zwei Tage lang kein Wort. Wenn er auf sie zuging und sie küssen wollte, stieß sie ihn zurück, doch nicht mit den Händen, sondern mit den Schultern, und drehte sich zur Wand.

»Soll er mich nur in Ruhe lassen«, sagte sie, »ich kann ihn gar nicht mehr anschauen.«

Elische mußte von ihr ablassen. Die Unterlippe leidenschaftlich verbissen, die Hände tief in den Hosentaschen vergraben, nickte er mit dem Kopf und sagte: »Ha!«

Dieses »Ha« hatte verschiedene Bedeutungen. Es sollte besagen: »Eine vornehme Dame ist sie plötzlich geworden, tatsächlich!«...

Es hatte auch noch den Sinn: »Macht nichts, alles wird schon gut werden.«...

Fradotschke gab aber nicht nach und fuhr an einem schönen Morgen mit einem Mietwagen zu ihrer Mutter nach Meschbiz. Der Fuhrmann war ein Meschbizer, und Fradotschke hatte ihn zufällig aus dem Fenster bemerkt. Der Gedanke, nach Meschbiz zu fahren, war ihr wohl ganz plötzlich gekommen. Sie ging zum Fuhrmann auf die Straße und fragte ihn: »Hört einmal, Sanwel, wollt Ihr mich nicht nach Meschbiz mitnehmen?«

Sanwel nahm von seinen Pferden die Decken ab und antwortete lächelnd: »Warum nicht? Ein hübsches Weibchen nehme ich immer gerne mit.«

Als Elische aus einem nahen Dorf, wo er zwei Bauern ermahnt hatte, ihre Pfänder in seiner Leihkasse auszulösen, nach Hause kam, war Fradotschke schon fort.

»Was ist denn das?!« Er blieb mitten im Salon stehen und machte ein erstauntes Gesicht, als wollte er gar nicht glauben, daß Fradotschke ihm so etwas antun könnte.

Die Zimmer waren nicht aufgeräumt, und im Hause war es seltsam still. Die weichen Sessel waren von ihren Plätzen verrückt und schienen sich nach ihr zu sehnen. Das Dienstmädchen machte sich in der Küche zu schaffen und bereitete das verspätete Frühstück. Den ganzen Morgen mußte sie Fradotschke bei ihrer Abreise helfen.

Elische begab sich zu allererst ins Schlafzimmer. Er stellte fest, daß Fradotschke ihre Kleider in den Schränken zurückgelassen hatte, und beruhigte sich: »Macht nichts, es wird schon alles gut werden... Den Schames werde ich wohl nicht nach ihr zu schicken brauchen.«

Den ganzen Tag irrte er von einem Zimmer ins andere und wußte gar nicht, was in der Stadt vorging. Frojke war ihm böse und wollte ihn nicht mehr besuchen. Gegen Abend hörte er draußen die Klingel und stürzte ins Vorzimmer: er glaubte, daß Fradotschke zurückgekommen sei. Es war aber nur Rabbiner Burmann, der Fradotschke zum Spazierengehen abholen wollte.

»Sie ist nicht da«, sagte ihm Elische, indem er beide Hände wie Flügel ausbreitete. »Sie ist fort.«

»Sie ist fort?« sprach der Rabbiner lächelnd nach. Er fühlte sich so sonderbar, wie wenn er als kleiner Junge zu seiner gleichaltrigen Freundin Fradotschke gekommen wäre, um mit ihr zu spielen, und Elische, der Erwachsene, sein Pech bedauerte, daß er sie nicht angetroffen habe: »Sie ist nicht daheim, liebes Kind... Mußt wieder nach Hause gehen.«...

Das verlegene Lächeln schwebte auf seinem Gesicht auch dann, als Elische die Tür hinter ihm verschlossen hatte und er allein nach Hause ging. Alle seine Beziehungen zu ihr, die nun fort war, kamen ihm jetzt so kindisch und dumm und eines ernsten Menschen unwürdig vor. Plötzlich blieb er stehen und sah sich um. Als er sich überzeugt hatte, daß er auf dem leeren, grünen Platz ganz allein war, tippte er sich lächelnd an die Brust und begann zum erstenmal in seinem Leben mit sich selbst zu reden: »Burmann«, sagte er, »du bist dumm, Burmann. ... So wahr ich Jude bin.«...

Als Elische an diesem Abend zu Bett gegangen war, konnte er vor großem Kummer lange nicht einschlafen. Nach langem Grübeln faßte er den Entschluß: Morgen wird er sie aus Meschbiz abholen... Sobald er aufgestanden ist, mietet er sich einen Wagen und fährt hinüber.

Nachts hatte er aber unangenehme Träume vom Geld, das er an der Fleischsteuer draufzahlte. Und als er am Morgen erwachte, war er ihr schon wieder böse. Während er sich ankleidete, dachte er sich: »Ja, natürlich, gleich werde ich alle meine Geschäfte im Stich lassen und ihr nachfahren!... Sonst habe ich wirklich nichts zu tun!«

Es verging eine ganze Woche. Die Stadt war wieder in Aufregung, und Elische fühlte, daß er mit seinem ganzen Vermögen und Leben zugrunde ging. Er hatte jetzt gar keine Zeit, an sein Zerwürfnis mit Fradotschke zu denken.

An der neuen Aufregung waren die Krämer und der alte Trunkenbold schuld, den er verprügelt hatte. Sie setzten es durch, daß die Gemeinde am Sabbatabend in einem der Lehrhäuser eine große Versammlung abhielt und den Beschluß faßte: »Wenn die ganze Stadt es nicht haben will, daß Elische die Fleischsteuerpacht noch länger behält, so kann sie niemand dazu zwingen.«

Dieser Beschluß fand auch bei den Fleischern Anerkennung. Sie verprügelten zwei ihrer Kollegen, die plötzlich auf Elisches Seite übergegangen waren, und stellten das Schlachten ein. Der Vertrauensmann, für den der Row haftete, hörte auf, täglich zu Elische zu kommen und ihm Haufen von Silberrubeln und Kupfermünzen, die nach rohem Fleisch rochen, abzuliefern. Er trieb sich beschäftigungslos auf dem Markt herum und knackte vor Langeweile Sonnenblumenkerne. Die Krämer fühlten sich als Sieger. Sie beredeten die Bauern, ihre Pfänder nicht zu Elische zu bringen, und behaupteten mit großer Sicherheit: »Seid unbesorgt... Er wird schon noch an den Bettelstab kommen!«

Einige Tage später hielten die Fleischer eine geheime Versammlung ab und beschlossen, Elische zu verprügeln. Mit vollen Mäulern und schweren Zungen schrien sie alle zugleich: »Man wird ihm schon die Gedärme herauslassen!«

»Er ist hier ein Fremder.«...

Am Abend warf man allen Schächtern des Städtchens die Fenster ein, damit sie aufhörten, Geflügel zu schlachten. Die Aufregung in der Stadt wuchs von Stunde zu Stunde. Niemand wußte, wer die Fenster eingeworfen hatte. Denn die Fleischer hatten absichtlich auch einem von den ihrigen die Fenster eingeworfen, damit der Verdacht nicht auf sie falle. Am Morgen standen sie wieder auf dem Marktplatz und scherzten über sich selbst und über ihren Sieg: »Elische hat ja keine Kinder, die er versorgen muß!«

»Narr, bei ihm wird ja am Sabbat gekocht,* er hat keinen Gott im Herzen!«

Ein Fleischer in mittleren Jahren, mit einem lächerlich langen Bart und trüben Augen, kam herbei und verkündete: »Von den zehntausend Rubel, die ihm von seinem verreckten Großvater geblieben sind, hat er schon fünftausend aufgezehrt, so wahr ich Jude bin!«

Man schob ihm seine Mütze über die Ohren und begann ihn zu necken: »Jizchok Waratute, verrückter Golem, geh, schlag Elische die Fenster ein!«

Jizchok Waratute, ein kräftiger, träger, hartköpfiger Kerl, hatte sich auf der Fleischerversammlung als erster für die Prügel ausgesprochen. Er wußte aber, daß man diesen Entschluß geheimhalten müsse und am Tage davon nicht reden dürfe. Er stieß seine guten Freunde, die ihn umdrängten, von sich, lächelte blöde und sagte mit der Stimme eines rohen Fuhrmanns: »Geh, tu es selbst!... Laß dich aufhängen!«

Nachmittags sahen die Fleischer den Rabbiner Burmann und Frojke durch den Markt gehen. Sie veranstalteten eine wahre Hetzjagd: »Es ist die gleiche Bande!«

* Das Feueranmachen, somit auch das Kochen, ist am Sabbat verboten.

»Kommt wie Elische aus dem Gymnasium.« …

»Ist es eine Frage? Sie rauchen zusammen ihre Sabbatzigaretten.« …

Später bemerkten sie Elisches Dienstmädchen, das im russischen Laden etwas eingekauft hatte und nach Hause ging und schrien ihr laut nach: »Warte nur, er wird bald verrecken, Melach Gojs Enkelsohn! Er glaubt wohl, daß niemand weiß, daß er einen Revolver bei sich trägt?«

In diesem Augenblick erschien Elische selbst in der Mündung des schmalen Gäßchens zwischen der Post und dem gojischen Spital. Der Polizeidiener, der ihn begleitete, blieb hinter ihm in Erwartung stehen. Elische kam näher und ging mit drohender Miene auf Jizchok Waratute zu: »Nun, habe ich vor dir Angst? Wirst du mich vielleicht anzeigen?!«

Er hatte sich an diesem Tage schon genug ärgern müssen. Vom frühen Morgen an war er mit dem Polizeidiener vor dem Schlachthaus gestanden und hatte gewartet, daß vielleicht doch jemand zum Schlachten kommen würde. Als es ihm zu dumm wurde, kam er vor Wut schäumend auf den Markt zu den Fleischern. Prügel hingen förmlich in der Luft.

VIII.

Elisches Hausknecht Jan war mit dem Dienstmädel verzankt. Der Grund dieses Streites war ein voller Kehrichteimer, den hinauszutragen Jan vor einigen Tagen sich geweigert hatte. Das Dienstmädel hörte auf, für ihn die fetten Suppenzwiebeln aufzuheben, und wollte ihn gar nicht mehr anschauen.

»Soll er nur wie ein Hund die ganze Nacht draußen herumstehen«, sagte sie, indem sie die Küchentüre absperrte.

Jan langweilte sich. Er sehnte sich nach einem lebenden Wesen, mit dem er reden könnte. Die ganze finstere Nacht glimmte sein Pfeifchen im Garten. Bei Tagesanbruch erblickte er einen Goj, der in einem blutigen Papier drei Pfund Fleisch vom

Markte heimtrug, und ließ sich mit ihm in ein Gespräch ein. Nun konnte er es nicht länger aushalten und klopfte ans Fenster von Elisches Schlafzimmer.

»Gnädiger Herr!... In der Stadt wird Fleisch verkauft, gnädiger Herr!...«

Elische erwachte, erschrocken, wie wenn er dieses neue Unglück schon gestern und während der ganzen Nacht im Traume erwartet hätte.

»Aha! Die Fleischer...«

Er sprang im Nachthemd aus dem Bett und öffnete das Fenster: »Wer hat Fleisch verkauft?...«

Seine behaarte, zerkratzte Brust bebte, während Jan ihm genauen Bericht erstattete. Er fühlte gar nicht die feuchte, frostige Nachtluft. Er keuchte schwer, und das eine Wort setzte sich ihm im Kopfe fest: »Auswärtiges Fleisch...«

Dieses Wort wirkte auf ihn jetzt, wo sein Schlaf plötzlich unterbrochen war, ungemein kränkend. Die ganze Stadt mit allen Krämern, Fleischern und ehrwürdigen Bürgern erschien ihm als ein einziges grausames Ungeheuer, das ihn, den aus dem Schlafe Geweckten, erwürgen wollte. Von Angst gehetzt, zog er sich schnell an und rannte schon nach wenigen Minuten durch die schlafenden, finsteren Hintergassen zum Markt.

Erwischen!... Er muß sie erwischen!...

Er läuft von einem verschlossenen Hause zum anderen, als sei gerade dieses Haus sein Ziel... Dieses Haus, das, in feuchten Morgennebel gehüllt, im kühlen Morgenschlafe liegt, das Haus, vor dessen verschlossener Hintertür, wo man gestern abend einen Kücheneimer ausgeleert hat, auf der Erde noch ein großer schwarzer Fleck zu sehen ist. Auf dem Markte knarren zahllose Räder: ein unendlich langer Zug schwerbeladener Fuhren mit Rüben für die weit entfernte Torgowizer Zuckerfabrik schleppte sich durch die Stadt. Da beginnt einer der langen Nachtschatten auf der feuchten und kühlen Erde zu zittern: die Sonne, die selbst noch gar nicht aufgegangen ist, hat eben die goldene Kirchturmspitze entzündet. Elische sprang plötzlich auf die

Seite: eine Hintertür knarrte, und ein Dienstmädchen mit verbundenem Kopf und einem Marktkorb in der Hand zeigte sich auf der Straße. Er hielt noch einen Augenblick den Atem an. Dann stürzte er auf sie los: »Aha! Fleisch... Was ist das für Fleisch?! Wo hast du es her?!«

Fünf Minuten später stand er schon mit dem Korb, den er dem Dienstmädchen entrissen hatte, vor dem Row und klopfte mit der Faust auf den Tisch: »Ein frommer Mann will er sein? Die ganze Stadt ißt auswärtiges Fleisch, und er weiß nichts davon...«

Der Row war erst eben aufgestanden und sprach gerade das Gebet: »Herr, die Seele, die du mir gegeben, ist rein.« Er wußte nicht, was darauf zu antworten und zuckte die Achseln: »Was will der Kerl von mir?... Er wird mich vielleicht lehren, was Frömmigkeit heißt?«...

Elische begab sich vom Row zum Pristaw und telegraphierte an den Landpolizeimeister um Hilfe. Einige Stunden später rannte er schon mit dem Polizeidiener von einem Fleischer zum anderen und durchsuchte alle Dachböden und Keller; er fand aber nichts. Nach Hause zurückgekehrt lag er lange in seinem finsteren Schlafzimmer und konnte vor Ärger nicht einschlafen. Später stand er ohne Mütze und Kragen im Fenster und blickte hinaus.

Über der Stadt stand, wie immer um diese Stunde, die Sonne, und aus allen Schornsteinen stieg Rauch auf. Auf jedem Herd steht ein Topf, und in jedem Topf liegt ein Stück auswärtiges Fleisch. Es ist sein Fleisch, und er weiß, daß er wegen dieses Fleisches von Tag zu Tag ärmer wird. Er kann aber dagegen nichts mehr machen.

Nach einigen Tagen kam vom Landpolizeimeister ein Schreiben: Alles Fleisch, das die Fleischer von auswärts bringen werden, ist zu beschlagnahmen.

Elische sagte davon niemandem ein Wort. Er wollte die Beschlagnahme in der Nacht vor Erew-Rosch-Haschono vornehmen. Er saß zu Hause, knirschte mit den Zähnen und verfluchte die Stadt: »Schinderbande! Der Teufel fahre in ihre Knochen... Nun sollen sie sehen, mit wem sie es zu tun haben!...«

Das Wetter hatte umgeschlagen. Die Stadt versank in grauem Herbstnebel und feinem Regenstaub, der entweder vom Wind oder von der Angst vor den Furchtbaren Tagen gepeitscht wurde. Die Fleischer hatten die größten Schwierigkeiten, das Fleisch von auswärts zu beschaffen.

»Es ist zum Krankwerden!« klagten sie heimlich den Krämern. »Die Bauern wollen nicht fahren, und wenn man sie mordet.«

Der Hausknecht Jan, den Elische ausgesandt hatte, sich im nahen Dorfe umzusehen, kam eines Abends heim und brachte die ersehnte Nachricht: Die Fleischer haben Ssidor den Kleinen und Petro von der Mühle bestellt. Beide werden abends mit ihren Wagen herausfahren und am Erew-Rosch-Haschono in aller Frühe mit dem Fleisch zurück sein.

Der Regen blieb schließlich in der Luft hängen und hinterließ einen feuchten, warmen Dampf, wie er von nassen Misthaufen aufzusteigen pflegt. In der Nacht vor Erew-Rosch-Haschono hatte sich dieser Dampf in einen dichten braunen Nebel verwandelt, der die Stadt vollkommen verschlang. Und wenn ein Bauer in die Stadt ging, um seine Einkäufe zu besorgen, konnte er die ersten Häuser gar nicht erkennen: So seltsam neu und ungewohnt kamen sie ihm vor. Es war, wie wenn die Häuser um eine ganze Meile von ihrem früheren Platz fortgerückt wären.

Die Leute gingen an diesem Abend zeitig zu Bett, um am nächsten Morgen früh zu den Sliches aufzustehen. Nur am Rande des großen leeren Platzes war ein schwacher Lichtschein zu sehen: bei Elische brannte noch Licht. Alles war schon bereit: vier bewaffnete Polizeidiener lauerten an den vier Straßen, die in die Stadt führten; im Haus waren nur Elische selbst, der Polizeiwachtmeister und der Hausknecht Jan geblieben. Der letztere hatte sich den ganzen Abend wieder im Dorf herumgetrieben und schlief jetzt im dunklen Korridor neben der Küche aus. Der Fußboden in dem sonst so sauberen Eßzimmer war voller schmutziger Fußspuren. Auf dem Tisch brannte nur die kleine Küchenlampe, damit das Licht aus den Fenstern nicht zu sehr auffalle. Auf vier zusammengerückten Stühlen schnarchte der beleibte, kleine Wachtmeister. Er wußte selbst nicht mehr, wieviel Glas Branntwein er getrunken hatte. Er blähte im Schlaf die Backen auf und blies vor sich hin. Elische hatte seinen Mantel an. Er saß in stumpfer Erwartung auf dem Kanapee, wie man nachts im Eisenbahnwagen dritter Klasse sitzt, und starrte nachdenklich auf die grüne Hose und die schmutzigen Stiefel des Wachtmeisters. Als er vorhin auf der Veranda gestanden und in den schweren nächtlichen Nebel hinausgeschaut hatte, war ihm der Gedanke in den Kopf gekommen, daß bei der bevorstehenden Begegnung mit den Fleischern ein Unglück passieren müsse. Im gleichen Augenblick fiel ihm ein kalter Tropfen vom Dach hinter den Kragen, und ein kalter Schauer lief ihm durch den ganzen Körper. Er kehrte sofort ins Eßzimmer und auf das Kanapee zurück. Der Gedanke war gleich wieder verschwunden, und der vergangene Tag und diese Nacht erschienen ihm so weit entfernt, als ob er sie nicht jetzt, sondern in der Tiefe seiner Kindheit erlebt hätte. Alles, was ihn umgab, und selbst das drohende Unheil, ließen ihn vollkommen kalt; er gab sich dem nagenden Schlummer hin und ließ den Kopf auf die Brust sinken. Im Traum sah er seinen Großvater Melach Goj. Der Großvater saß draußen auf den Stufen und sprach mit einem befreundeten Goj über ihn, seinen Enkel Elische, und über die anderen jüngeren Leute von heute, die mit dem Geld nicht umzugehen verstünden.

»So, so«, sagte der Alte und ließ, wie es seine Gewohnheit war, den Kopf etwas sinken.

Plötzlich wurde sehr laut ans Fenster geklopft, und Elisches Blut begann wieder zu sieden. Er hörte, wie der Polizeidiener berichtete, daß er eine Fuhre Fleisch abgefangen habe und daß die andere Fuhre dicht vor der Nase entwischt sei.

»Die hiesige Polizei richtet mich zugrunde!« schrie er den Wachtmeister an.

Er hörte gar nicht, was der verschlafene Wachtmeister stammelte, und lief schnell aus dem Hause.

In derselben Nacht erwischten die Fleischer Elische vor der Stadt und prügelten ihn halbtot.

Es geschah im schmutzigen, moosbewachsenen Hohlweg zwischen dem Birkenwäldchen und der alten Torgowizer Landstraße, gerade in dem Augenblick, als Elische der zweiten Fleischfuhre auf die Spur gekommen war und zurücklaufen wollte, um den Wachtmeister und die Polizeidiener zu holen. Den ersten Schlag ins Gesicht bekam er von einem rotbackigen Fleischerburschen, dessen Vater in der Stadt unter dem Namen »der Litwak« bekannt war.

»Hier!« schrie dabei der Bursche durch die Zähne. »Steck deine Nase nicht in Dinge, die dich nichts angehen!«

Nach diesem ersten Schlag stürzte ihm aus dem einen Ohr und aus dem Mund Blut. Die Backe tat ihm furchtbar weh. Aber seine Gedanken waren noch immer seltsam ruhig und klar. Er wandte die Augen unwillkürlich nach links, um zu sehen, wer ihm diesen Schlag versetzt hatte. Im gleichen Augenblick kam der gleiche Schlag von rechts, als wäre er ein selbständiges lebendes Wesen. Jemand schlug ihn von rückwärts auf die Beine, und er fiel zu Boden. Er dachte an Fradotschke, den Rabbiner, Frojke Tscherkeß und alle, die ihm jetzt hätten helfen können, und die er nicht in seiner Nähe hatte. Die blutunterlaufenen Augen fielen ihm zu; bevor er sie ganz schloß, bemerkte er noch einen lächerlich langen Bart, ein Paar trübe Augen und einen mächtigen bestiefelten Fuß, der zu einem neuen Schlag ausholte. Jemand sagte: »Jizchok Waratute, setze ihm einmal trockene Schröpfköpfe ... Und mit Verstand, du Esel!«

Der bestiefelte Fuß fuhr im plötzlich in die Seite und wendete ihn um, so daß er jetzt mit dem Gesicht zu Boden lag. Jemand beugte sich über ihn und sprach zu ihm in dem Ton, in dem man einen Verstorbenen um Verzeihung bittet: »Und du, hast du den Schadchen schlagen dürfen?... Brand möchte dir in die Knochen kommen!«

Der Stiefel bearbeitete seinen Kopf, seine Brust und seine beiden Hüften; es war ihm, als ob die verlassene Fleischfuhre mit ihrer ganzen Kraft über seinen Körper hinübergefahren wäre. Plötzlich ertönten die Pfiffe der Polizeidiener. Die Fleischer ließen ihn liegen und liefen davon.

Als man ihn im ersten Morgenlicht nach Hause brachte, war er bewußtlos. Das Dienstmädchen und der Wachtmeister beugten sich über ihn und richteten an ihn verschiedene Fragen, bekamen aber keine Antwort. So lag er bis neun Uhr morgens.

Die Sonne leuchtete durch den blendend warmen Nebel und sah so seltsam krank und matt aus. Vor dem Haus drängten sich Weiber und Kinder und erwarteten den Kreisarzt, der sich schon seit einer halben Stunde im Haus befand. Er untersuchte ihm das Herz und vernähte die Wunden am Kopf und am Nacken.

Der jüdische Feldscher verließ als erster das Haus. Er spie gleichgültig auf die Seite und ließ sich ausfragen. Nach einer Weile wußten schon alle, daß es mit Elische schlecht stehe und daß der Arzt gesagt habe: »Die Verletzungen am Kopf haben nichts zu bedeuten. Schlimm ist aber sein stiller Husten. Mit diesem Husten«, hätte der Arzt gesagt, »wird er höchstens noch acht Tage leben.«

Einer der Frauen fiel es ein, auf den Fuhrmann zuzugehen, der sich auf dem Platz herumtrieb und Fahrgäste nach Torgowizi suchte.

»Narr«, sagte sie ihm, »fahr doch lieber nach Meschbiz und hole Elisches Frau. Man wird dir dafür doppeltes Fahrgeld bezahlen.«

Der Fuhrmann schwankte eine Weile, blickte den Leuten fragend in die Augen und schlug schließlich den Weg nach Meschbiz ein. Man hatte ihm klargemacht, daß er, wenn er seine Pferde ordentlich hauen würde, heute am Erew-Rosch-Haschono einen ganzen Fünfer verdienen und nach seiner Rückkehr noch ins Bad zurückkommen könnte.

Er kam aber noch vor Sonnenuntergang mit leerem Wagen zurück. Er wußte nicht, wen er für seinen Mißerfolg verantwortlich machen sollte. Er beeilte sich, für die Feiertage Heu und Hafer einzukaufen und erzählte mit großem Ärger, was er in Meschbiz erlebt hatte: »Zuerst lächelte sie, seine Frau, und sagte: ›Wart, ich werde mit dir mitfahren.‹ Dann kommt aber zu mir ihre Mutter heraus, die Hexe, der böse Geist fahre ihr in die Knochen! Und sie sagt zu mir: ›Fahrt heim‹, sagte sie, ›Fradotschke wird nicht mitfahren. Sagt Elische, daß ich ihm seine Lügen nicht glaube. Er ist gar nicht krank. Fradotschke wird nicht eher zurückkehren, als bis er herkommt und sie um Verzeihung bittet.‹«

IX.

In der Nacht vor Rosch-Haschono träumte es dem Rabbiner, daß seine Schwester, die bucklige Masseuse, ihm seine Sachen packe.

»Lejbel«, sagte sie ihm so besorgt wie eine Mutter, »Lejbel, an deiner Studentenjoppe fehlt ein Knopf.«

Und als sie ihr längliches, rosiges Gesicht über die Perlmutterschachtel, in der sie Knöpfe zu verwahren pflegte, beugte, erwachte er in seinem Bett und fühlte sich auf einmal so elend und schuldbeladen, als ob die Obrigkeit von Kamenez seine Fälschungen in den Militärmatriken aufgedeckt hätte.

»Burmann!« sagte er zu sich selbst, ohne die Augen zu öffnen, »Burmann, du bist nicht wert, daß dich die Erde trägt...«

Den ganzen Vormittag ging er reumütig in seinem Zimmer auf und ab und blieb jedesmal vor dem Tisch stehen, auf dem alle Briefe, die er von seiner Schwester im Laufe des Sommer bekommen hatte, unbeantwortet lagen. So eindringlich sprachen diese stummen Briefe zu ihm und so viel Mitleid flößten sie ihm ein: Mitleid mit der verlassenen Schwester, die, seitdem sie ihren körperlichen Fehler eingesehen und für immer auf die Ehe verzichtet hatte, ihre ganze Zärtlichkeit ihm zuwandte und ihm schon einigemal in ihren Briefen ermahnt hatte: »Lejbel, du versumpfst! Lejbel, besinne dich, du kannst dich noch retten...«

Nun kamen keine Briefe mehr von ihr. Vielleicht verhungerte sie dort, aber sie schrieb ihm nicht mehr.

Vor großem Kummer legte er sich wieder aufs Bett und begann, sich den Brief zu überlegen, den er ihr gleich schreiben würde: »Liebe Schwester«, würde er ihr schreiben, »wenn ich mein ganzes Leben überblicke...« So würde er den Brief beginnen.

Er schlummerte allmählich ein und glaubte, daß dieser Schlummer nützlich für seinen Brief sei und für die Gefühle, die er jetzt seiner Schwester gegenüber empfand. Im Traum erschienen ihm sogar seine längst verstorbenen Eltern. Sie saßen vor einem Tischchen, auf dem ein Samowar brodelte, und sein Vater, der Magistratsschreiber, sagte ihm: »Wenn ein Mensch dreißig Jahre alt ist«, sagte ihm sein Vater, »wenn ein Mensch kein Heim hat und an seine Zukunft niemals denkt...«

Es fügte sich aber so, daß der Brief an die Schwester schließlich doch nicht geschrieben wurde und Burmann einige Stunden durchschlief. Sein schwerer Körper konnte die Pein der Gewissensbisse nicht länger ertragen und mußte im Schlaf Erholung suchen.

Als er aufwachte und sich mit dem kalten Wasser, das ihm seine Hauswirtin gebracht hatte, wusch, wußte er nur noch, daß er noch derselbe Burmann war, der einst an der Universität studiert hatte, und den man hier in dieser Stadt nicht länger als Rabbiner haben wollte; daß Elische gefährlich krank war und nicht ausging; daß er, Burmann, jetzt an einem Wendepunkt stand und es daher nicht seine Schuld war, daß er sich ohne jede Beschäftigung herumtrieb und in den letzten Tagen ein Auge auf die hübsche schwarze Putzmacherin geworfen hatte: er mußte sich jetzt gut überlegen, was aus ihm und aus Fradotschke werden sollte; er wartete jetzt nur noch auf ihre Rückkehr aus Meschbiz.

Als die Sonne unterging, erwachte in ihm, wie immer um diese Stunde, der Mann, und er begab sich langsam zum leeren, grünen, äußeren Stadtplatz. Hier traf er den Kreisarzt, in dessen Gesellschaft er in den Sommermonaten täglich gebadet hatte. Der Arzt sah ihn mit seinen klugen, zusammengekniffenen Augen an und versetzte ihm einen freundschaftlichen Klaps auf seinen fetten kurzgeschorenen Nacken.

»Burmann«, sagte er ihm lächelnd, »Sie sind ja ein hübscher Kerl, mein Ehrenwort! Aber Sie tun nichts und werden zu fett... das ist schädlich! Kommen Sie mit, Sie können bei mir im Hof eine Fuhre Holz kleinmachen.«

Burmann antwortete, ohne den Mund zu öffnen, mit einem Lächeln, welches besagte: »Der Arzt ist doch gewiß ein kluger Mann. Aber auch ich bin nicht dumm. Ich glaube, daß es sich gar nicht lohnt, von diesen Dingen zu sprechen, und antworte ihm darum nur mit einem Lächeln.«

Der Arzt faßte ihn wie seinesgleichen unter und ging mit ihm zum Kirchplatz, wo er einen Kranken besuchen mußte.

»Mit Elische steht es schlecht«, erzählte er ihm unterwegs, »ich zweifle sehr, ob er durchkommen wird.«

»Wirklich?!« fragte der Rabbiner etwas erschrocken.

Seltsamerweise dachte er jetzt nicht an Elische, sondern an Fradotschke. Er dachte nur an sie und daß er um ihretwillen Elische aufsuchen müsse.

Als er aber vom Arzt Abschied nahm, erschien in der schmalen Gasse gegenüber die hübsche, schwarze Putzmacherin. Sie ging dicht an ihm vorbei und sah ihn an. Er spürte den Duft ihres Parfüms und hörte das Knistern ihres seidenen Unterrocks. Und wieder erwachte in ihm der Mann; beinahe hätte er sie angerufen und sich mit ihr in ein Gespräch eingelassen. Im Licht der Sonne, die am Rande des leeren Platzes so groß und so rot wie eine durchsichtige Pomeranze unterging, und sich in den Fenstern der nahen und fernen Häuser spiegelte, sah das Mädel so jung und so frisch aus. Irgendein Gedanke, der mit ihr zusammenhing, ging ihm durch den Kopf, kam ihm aber nicht ganz zum Bewußtsein. Er lächelte nur vor sich hin und ging ihr langsam in der Richtung zur Stadt nach.

Am selben Abend traf er im schmalen Hintergäßchen, in dem die Putzmacherin wohnte, Frojke Tscherkeß. Dieser stand ganz allein vor dem Haus ihrer Mutter, der Witwe, und hörte hinter den verschlossenen Fenstern die Nähmaschine klappern.

Frojke freute sich über den Hunderter, den er an diesem Tage an irgendeinem Geschäft mit dem Popen verdient hatte. Er sah den Rabbiner erstaunt an.

»Schau nur! Was machst du hier, du Räuber?«

Gleich darauf wandte er sich wieder zum Haus, in dem die Nähmaschine klapperte. Er fügte verschmitzt noch etwas hinzu und zeigte auf das Fenster.

»Narr, sie ist ja verlobt, die Schwarze, so wahr ich Jude bin... Jossel Riemers Sohn will sie nehmen...«

Der schwarzlockige Frojke war ungewöhnlich munter. In der letzten Zeit durchstreifte er die ganze Gegend mit einem großen Stoß Preislisten und Prospekten über Pflüge und Dreschmaschinen. In seinem Notizbuch, das er dem Rabbiner sofort zeigte, waren neue achtzehnhundert Rubel Profit eingetragen. Er trug schon auch an Wochentagen einen neuen, blau-grünen Anzug, blendendweiße Wäsche und eine neue, großstädtische Krawatte.

»Weißt du«, sagte er, indem er sich an die Brust tippte, »die Hauptsache ist, daß man seinen Kopf oben behält, und daß man etwas Geld verdient... Ja, was macht Elische? Schade um ihn... Hast du ihn schon besucht?«

Er wollte dem Rabbiner klarmachen, warum er so gut aufgelegt sei, und nahm ihn am Arm.

»Menschenskind, seitdem ich angefangen habe, Geld zu verdienen und wie ein Mensch lebe, habe ich nichts mehr gegen dich, gegen Manja und selbst gegen Elische! Was, habe ich nicht recht? Komm, wollen wir zu ihm gehen.«

Als sie aber in Elisches Vorzimmer kamen, umfing sie sofort die Stimmung, die im Hause eines Schwerkranken herrscht, der nur noch dazu lebt, um sich und alle, die in seiner Nähe sind, zu quälen. Das Dienstmädchen mit verbundenem Kopf und ungewaschenem Gesicht begann ihnen zu erzählen, was sie von »ihm« alles auszustehen habe.

Sie sei ja doch nur ein Mensch und könne es länger einfach nicht aushalten.

Es roch nach Mäusen und einer lange nicht gelüfteten Küche. Auf dem Eßzimmertisch stand neben der rauchenden Küchenlampe ein Eimer mit schmutzigen Eisstücken; daneben lagen einige angenagte Hühnerknochen. Diese abgenagten Knochen erzählten, wenn man sie lange ansah, von der traurigen Leere, die sich von hier durch den beleuchteten Salon bis zu der offenen Tür des finsteren Schlafzimmers hinzog. Das gekränkte Dienstmädchen stand noch immer da und jammerte: »Er ißt schon gar nichts mehr, bildet sich aber ein, Appetit zu haben.« Sie muß den ganzen Tag in der Stadt herumlaufen und für ihn alle möglichen Leckerbissen suchen. Die Herren möchten doch selbst sehen, wie es bei ihr in der Küche ausschaut.

Und sie erzählte, daß er gestern abend Pasteten verlangt habe. Sie hätte die ganze Stadt nach Butter und Käse abgesucht und ihm die Pasteten gebacken. Und mitten in der Nacht – sie schlief auf dem Fußboden vor seiner Türe – hätte er sie geweckt: er glaube, daß er jetzt etwas essen könnte... Pessachkäse würde er jetzt essen...

Die Herren möchten so freundlich sein und sich selbst davon überzeugen, daß die Pasteten und der Käse noch immer in der Küche stehen. »Er« hätte sie nicht einmal angerührt.

Das Dienstmädchen war müdegehetzt und verbittert und sprach vom Kranken nicht ohne Gift.

Sie winkten ihr mit den Augen, daß sie nicht so laut sprechen solle; sie lächelte aber gehässig und sagte: »Was, Ihr glaubt, daß er schläft? Er schläft gar nicht. Ganze Nächte schläft er nicht... Er liegt Tag und Nacht mit offenen Augen da und erlaubt nicht, die Läden zu öffnen... Er schläft nicht und ißt nicht.«

Frojke und Burmann traten so leise in den Salon, als ob sie

fürchteten, den Kranken zu wecken. Sie gingen auf den Zehenspitzen bis zu der Wand, an der die Sessel standen, und setzten sich nebeneinander. Eine Weile schwiegen sie beide. Burmann bemerkte auf dem Fußboden einen ausgetrockneten Schmutzfleck, der noch vom Stiefel des Wachtmeisters herrührte. Er betrachtete ihn aufmerksam und gespannt, als ob er erwartete, daß der Fleck sich vom Ort rühren und durch den ganzen Salon kriechen würde. Frojke langweilte sich und bereute wohl, daß er hergekommen war. Er kratzte sich mit der einen Hand den Nacken und kitzelte mit der anderen Burmann unter der Achsel: »Du hast hier schon vergnügte Stunden erlebt, was?«

Er wollte noch etwas von Fradotschke sagen, die von Elisches Krankheit nichts wußte, und von der ihm ein Nachbar erzählt hatte, daß er sie am Tag vor Rosch-Haschono in Meschbiz mit Offizieren hatte herumgehen sehen. In diesem Augenblick wandte sich aber das Dienstmädchen, das eben ins Schlafzimmer gegangen war, um nach dem Kranken zu schauen, bestürzt nach ihnen um.

»Schaut nur!« sagte sie nachdenklich und so erstaunt, als ob sie ein unerhörtes Wunder erblickt hätte, »er ist doch wirklich eingeschlafen!«

X.

Vom hübschen Profit beim Geschäft mit dem Popen berauscht, verbrachte Frojke Tscherkeß eine glückliche und aufgeregte Nacht. Er erwachte in festlicher Stimmung, mit einem neuen Gedanken im Kopf: Jetzt, wo sein Geschäft blüht und er Geld verdient, ist es gar kein so großes Unglück, daß Manja ihn verlassen hat... Tatsächlich: wenn er sich von Manja scheiden lassen wollte, könnte er leicht eine neue Frau finden, und sogar eine wie Fradotschke...

Er zieht alle neuen Sachen an, die er nur besitzt, und geht auf den Markt spazieren. Ihm ist so festlich zumute, und er fühlt sich ebenso frisch wie der sonnige, milde Morgen, der das zwischen den Hügeln versteckte Dubrowitschi von neuem zu erwärmen beginnt.

Überhaupt ist er gar nicht so sehr aufs Geld erpicht. Er ist ja nebenbei auch studierter Apotheker. Wenn es ihm einfällt, gibt er alle seine Geschäfte auf und nimmt eine Stellung in irgendeiner Dorfapotheke.

Er freut sich darüber, daß er eine Zeitlang müßig herumgehen darf, und daß er, wenn es ihm einfällt, alle seine Geschäfte aufgeben kann.

Geld ist ja eine wichtige Sache, bedeutet aber noch nicht alles; er ist doch kein solches Rindvieh wie die anderen Einwohner von Dubrowitschi.

Neben Dunkelsteins großem Schnittwarengeschäft erblickt er Dunkelsteins jüngste Schwiegertochter, die keine Kinder hat.

»Sie kann einem leid tun«, denkt er sich, »eine junge Frau will doch sicher Kinder haben.«

Sie gefällt ihm, wie sie in der Sonne, den Rücken an die Ladentür gelehnt, das Gesicht, um den Teint zu schonen, bis an den Mund in ein Tuch gewickelt, dasteht. Er sieht sie eine Weile aus der Ferne an und fühlt, wie ihm das Mitleid still am Herzen nagt.

Und er spinnt seinen Gedanken weiter: Wenn der Mensch soviel verdient, wie er braucht, wenn er gut angezogen und satt ist, dann beginnt er erst die Umwelt mit Mitgefühl zu betrachten... Dann ist der Mensch gar nicht so schlecht...

So ist er auch selbst: Was geht ihn zum Beispiel diese junge Frau an, die er so bemitleidet?

»Herr Rabkin!« Er geht auf den Drogisten zu, dem die goldene Brille so merkwürdig leicht auf der Stülpnase sitzt, und der daher etwas zerstreut, wie ein Gelehrter ausschaut. »Herr Rabkin«, wiederholte er, noch einen Schritt auf ihn zugehend: »Ich gehe herum und denke mir: Von mir, zum Beispiel, behaupten die Leute, daß ich schlecht bin...«

Rabkin ist aber in großer Aufregung, weil der Kamenezer

Kommissionär, der ihm die bestellten Waren bringen soll, noch immer nicht da ist. Er steht vor der Glastür seines schönen Ladens und späht ungeduldig nach dem Kommissionär aus; er fürchtet, daß er überhaupt nicht kommen wird. Hinter ihm steht seine rothaarige, seit jeher magere Frau und nagt an ihm wie ein Wurm: »Schau ihn nur einer an! Den ganzen Vormittag hat er seine zionistischen Briefe geschrieben... Hat er den Kommissionär nicht früher bestellen können...«

Das komische Paar gefällt Frojke gut: er – ein dickes, geiziges Männchen mit gestutztem Spitzbart, pflegt hinter dem Rücken seiner Frau zionistische Nationalfondsmarken zu vertreiben; sie – ausgetrocknet und gebeugt wie eine überreife Kornähre, würgt, wenn sie mit ihrer hohen Stimme zu ihm spricht, wie wenn ihr Haß zu groß wäre, um aus ihrer engen Kehle herauszukommen.

Frojke geht unbefriedigt weiter. Er muß die warmen Worte, die er auf den Lippen hat, für sich behalten.

»Eine gottverlassene Stadt, dieses Dubrowitschi!...«

Er sehnt sich jetzt nach einem anständigen Menschen, der gleich ihm Freude daran hätte, eine Weile müßig umherzuschlendern, und der ihm zuhören würde: »Eine gottverlassene Stadt, dieses Dubrowitschi!...«

Gerne hätte er jetzt den Rabbiner abgeholt und wäre mit ihm vor die Stadt spazieren gegangen, wo die Felder wie um die Pessachzeit von warmem Sonnenschein übergossen sind. Er hätte ihm gesagt: »Bruder«, so hätte er ihm draußen vor der Stadt gesagt: »wenn du dich um des täglichen Brotes willen abrackerst, so ist es gut. Aber wenn du alles, was du brauchst, hast und die Umwelt näher betrachtest, so siehst du, daß es eine große, schöne Welt gibt; und diese Welt tut dir irgendwie leid, und du fühlst dich wie benebelt...«

Der Rabbiner ist aber in der letzten Zeit so schwerfällig und unbeweglich geworden. Vor Jahren, als er noch in seiner Studentenjoppe herumlief und Stunden gab, war er ein Mensch, mit dem man reden konnte. Jetzt lächelt er zu allem, was man ihm sagt, und ist stumm wie ein Klotz.

»Ach, eine gottverlassene Stadt, dieses Dubrowitschi...«

Frojke geht noch lange ausgeputzt auf dem Markt herum und spricht schließlich Elisches Dienstmädchen an: »Nun, wie steht's? Wie geht es Elische?«

»Wie soll es ihm gehen?«

Das Dienstmädchen ist müdegehetzt, und ihr Gesicht ist noch immer nicht gewaschen.

»Seit gestern«, sagt sie, »schläft er noch immer. Was weiß ich, was dieser Schlaf bedeutet?... Ganz früh wachte er auf und verlangte frische Sabbatfische. Nun renne ich seit drei Stunden durch die Dörfer und habe im ganzen zwei Pfund Karauschen bekommen. Ganz früh ist heute ein Fuhrmann nach Meschbiz gefahren, um Fradotschke abzuholen. Der Doktor hat ihm seine Karte mitgegeben. Vielleicht ist sie schon da. Dann hat meine Plage ein Ende...«

»So?« fragt Frojke. »Es ist also möglich, daß Fradotschke schon zurück ist?«

Er fühlt sich plötzlich zu Elisches Haus hingezogen, wo möglicherweise Fradotschke schon angekommen ist. Er geht aber zuerst heim, ißt zu Mittag und legt sich für einige Stunden schlafen; er will den Anstand wahren und sie nicht gleich nach ihrer Ankunft überfallen.

Er erinnert sich plötzlich daran, daß Fradotschke ihm einmal gesagt hat: »Frojke«, hat sie ihm einmal gesagt, »schwört doch nicht immer: ›So wahr ich Jude bin.‹ Es ist wirklich nicht schön, Frojke!«

Als Frojke gegen drei Uhr nachmittags, nachdem er ordentlich ausgeschlafen hatte, ins Vorzimmer von Elisches Wohnung kam und Fradotschke zu Ehren sein lustiges »Grüß Euch Gott alle miteinander« ausstieß, war Elische schon seit zehn Minuten tot und mit einem Laken zugedeckt. Auf der Kommode neben seinem Bett dampften noch die Sabbatfische. Der Wagen aus Meschbiz war aber noch immer nicht zurück, und niemand wußte, ob Fradotschke kommen würde oder nicht.

Frojke stand eine Weile ruhig im Schlafzimmer und dachte: »War ich ihm denn je Feind?«

Dann hörte er das Jammern des Dienstmädchens, das soeben mit einem Pfund Kerzen vom Markte heimkam. Es ärgerte ihn, daß das Mädchen so blöde jammerte. Er nahm ihr die Kerzen aus der Hand und sagte, ohne die Stimme zu erheben: »Still! Was jammerst du so?! Beweinst du vielleicht deinen Vater?«

Das Mädchen ging in die Küche und begann dort mit erstickter Stimme zu heulen. Die Fenster standen offen, und draußen war es so seltsam still und langweilig. Die dritte Nachmittagsstunde zog sich langsam hin. Der Hausknecht Jan saß auf der Verandastiege und erzählte der adligen Wäscherin, wie die Fleischer seinen Herrn zugerichtet hatten. Die Wäscherin stand vor ihm, die Arme auf der Brust gekreuzt, und verfluchte die gottverlassene Stadt. »Daß sie die Cholera! ... Die Hände sollen ihnen allen verdorren ... Verrecken sollen sie ...«

Frojke bemerkte den Rabbiner, der ganz allein in der Nähe stand. Er ging auf ihn zu und sagte: »Was sagst du dazu, ein schönes Ende?«

Und wie er den Rabbiner ansah, kam ihm ein neuer Gedanke in den Kopf. Er nahm ihn auf die Seite und sagte: »Narr, wirst ja ein nettes Vermögen erben und ein nettes Weibchen dazu ...«

Eine Weile schwiegen sie beide. Der Rabbiner stand noch immer nachdenklich da, beide Hände in den Taschen seines schwarzen Herbstrockes vergraben, mit der Miene eines Menschen, von dem man lernen muß, wie man sich in der Nähe eines Hauses, wo ein Toter liegt, zu benehmen hat. Plötzlich bildeten sich auf seiner Stirn und um die Augen Falten, wie wenn er still vor sich hin lächelte.

»Narr«, sagte er und nickte Frojke zu, »die ganze Welt ist ein Dreck, so wahr ich Jude bin ...«

Der Taube

I.

Anfang Herbst gab es wieder etwas zwischen Mendel, dem kräftigen, hübschen Sohn Wowe Byks und Esther, des Tauben zweiundzwanzigjähriger Tochter, die bei Byk Köchin war. Man sprach darüber in der Stadt, auf dem Markt und auch in Byks großer Dampfmühle, wo der Taube überall seinen Kopf mit den verstopften Ohren hineinsteckte und argwöhnisch jeden Menschen anblickte, der in seiner Nähe lächelte. Es wollte ihm aber lange nicht gelingen, auch nur ein Wort aufzufangen.

Mendel scherzte nach wie vor mit den jungen Getreidehändlern, die Weizen in die Mühle brachten, und stieß sie mit den Ellenbogen in die Seiten: »Hör einmal, weißt du, was Max Nordau sagt?«

Er meinte damit wie immer: »Weißt du, wieviel Kopeken in einem Rubel sind?«

Man konnte ihm nichts ansehen.

Er war vor kurzem in neuen, glänzenden Stiefeln aus der Kreisstadt heimgekehrt. Sooft er durch den Mühlenhof ging, winkte er dem jungen Müller Schulz zu: »Schulz, wie gefallen dir meine Stiefel?«

Der ernste Deutsche Schulz kniete jedesmal vor ihm nieder und betastete die Stiefel.

Die neuen, glänzenden Stiefel machten auf ihn großen Eindruck und sein Neid wuchs von Tag zu Tag.

Einmal zog er sogar Mendel einen Stiefel vom Fuß und probierte ihn an.

Das alles sah der Taube aus dem vierten Stock der Mühle, wo er am Aufzug arbeitete. Er blickte verstohlen aus dem Fenster und sah sich jedesmal ängstlich um, ob ihn nicht einer der Arbeiter beobachtete.

Esther brachte Mendel täglich das Essen aus der Stadt. Schulz und Mendel begleiteten sie, wenn sie die Mühle wieder verließ, mit den Augen. Mendel schwieg und lächelte nachdenklich vor sich hin. Schulz zeigte auf sie mit dem Finger und kitzelte Mendel. Und wenn die Arbeiter sie sahen, klebten sie gleich alle an den Fenstern der Mühle.

»Laß mich auch einmal schauen!«

Der breitbeinige Taube mit dem angestrengten, immer erschrockenen Gesicht wollte so gerne wissen, warum die Arbeiter lachten. Er war aber stocktaub und schämte sich dessen. Er scheute sich, jemand in die Augen zu blicken, und dachte immer an das Verbrechen, das Mendel und Schulz einmal gemeinsam an einem schwangeren Bauernmädchen aus dem nahen Dorfe Ribniza verübt hatten.

Sie hatten nachher das Mädchen für einige Zeit irgendwohin fortgeschickt.

Einmal ging auf ihn Jossele Babtsches, der dürre, sehnige Aufseher zu und schrie ihm lange etwas in sein taubes Ohr hinein. Er hörte zwar nur jedes zehnte Wort, nickte aber Jossele immer zu: »Ja, ja, ich höre!«

Diese Angewohnheit hatte der Taube nun einmal, er nickte jedem Menschen zu und versicherte: »Ja, ich höre, ich bin ja nicht taub!«

Vierzehn Tage lang trug er die wenigen Worte, die er von Jossele aufgefangen hatte, im Kopf herum, ehe er die Geschichte einigermaßen erfaßte.

Die Geschichte von zwei entlassenen Mühlenarbeitern, die Mendel verprügeln wollten und an finsteren Abenden vor Byks Hause herumschlichen. Diese beiden Arbeiter hatten also etwas gesehen... Er wußte noch immer nicht genau, was die Arbeiter gesehen hatten. Einmal sprach er Jossele vor der Mühle an und fragte ihn: »Wie war also die Geschichte mit Mendel und Esther?«

Sein Herz klopfte in der breiten Brust, und er atmete langsam und schwer. Er schämte sich vor Jossele.

»Sie hat ihn lieb«, schrie Jossele dem Tauben ins Ohr. »Sie, Esther, hat Byks Sohn lieb!«

»Sie hat ihn lieb?« fragte er Jossele leise.

Er glaubte, daß der dürre, sehnige Jossele Spaß mache. Er riß den Mund weit auf und lachte: »Hahaha...«

Sein Lachen hörte sich an wie ein seltsam wildes Brummen. Seine bleiernen Augen blickten spöttisch. Erst später, als er eingesehen hatte, daß Jossele es ernst meinte, begann er zu reden. Er macht dabei unbestimmte Gebärden mit der hohlen Hand und stieß die Worte einzeln aus seiner breiten, kräftigen Brust hervor: Sie möchte sich doch zuerst bei ihm, dem Tauben erkundigen... Er kennt sie ja beide, den Byk und seinen Sohn, durch und durch... Das ist doch kein Spaß! Seit zwanzig Jahren arbeitet er schon in der Mühle.

Jossele möchte es doch selbst sagen. Weiß er es denn nicht?

Jossele nickte boshaft mit dem Kopf.

Gewiß weiß er es. Warum sollte er es nicht wissen?

Der Taube hatte so große Lust zu erfahren, was darüber andere, gesunde Menschen mit gesunden Ohren sagten. Er ging von der Mühle zur Stadt und sprach, die Hände bewegend, zu sich selbst.

Wenn er zu beiden Seiten seines großen Kopfes nicht diese großen tauben Ohren wie zwei Fetzen hängen hätte, so könnte er hier und dort ein Wort auffangen.

Er hatte die Absicht, seine Tochter einmal in Byks Küche aufzusuchen und mit ihr ein ernstes Wort zu sprechen. Aber gerade um diese Zeit stieß ihm das furchtbare Unglück zu. So war es ihm wohl beschieden.

II.

Es war in den kurzen, weinerlichen Cheschwantagen.

Der lächerlich trübe Himmel schaute auf die nasse, schwarze Erde herab und weinte. Es war, wie wenn er einen Sterbenden beweinte: »Wehe... Was ist aus dir geworden...«

In Byks Mühle draußen vor der Stadt brannten Tag und Nacht

die elektrischen Lampen. Tag und Nacht leuchteten sie in der Tiefe des grauen Nebels und winkten wie müde gelbe Augen der nahen Stadt zu.

»Wir mahlen Mehl... Wir mahlen Mehl...«

Die vierstöckige Mühle war in einen feuchten Neben gehüllt. Ruhig und versonnen summte sie ihr uraltes eintöniges Lied und bebte zugleich mit ihren vierzig Arbeitern. Die Menschen arbeiteten im ewigen Dröhnen mechanisch und stumm wie die Räder, die sich um sie herum drehten. Sie sprachen nicht und dachten an nichts, als ob sie in ihren Gehirnen große Schuppen voller Weizen hätten, die ihnen den Verstand raubten.

Die Schuppen sind so voll... Was soll man machen? Man muß mahlen!...

Ab und zu ging durch den ganzen Lärm ein Beben, und eine traurige Stimme drang mitten hinein: »Halt!... Halt!...«

Niemand antwortete aber auf diese Stimme, und es schien, daß sie aus der Ferne käme und sich hierher in diese fremde unbekannte Welt verirrt hätte, wo sie jemanden suchte und unmöglich finden konnte.

Der Taube saß barfuß mit gleichgültigem, mehlbestaubtem Gesicht im schwerbeladenen Aufzug, der gerade vom vierten Stock niederging. Ein Arbeiter, der zufällig vorbeilief, merkte etwas an der Aufzugsmaschine und begann mit wilder Stimme zu schreien: »Abstellen! Abstellen!«

Dem Tauben stand das Herz still. Ein furchtbarer Gedanke durchzuckte ihm das Hirn: »Der Strick... Der Strick ist gerissen...«

Mit nervöser Hast hielt er sich mit beiden Händen am einzigen ganzgebliebenen Strick fest. Er fragte sich erstaunt: Wird er denn wirklich aus solcher Höhe herunterfallen?!

Im gleichen Augenblick wurde er auf die Seite geworfen. Er fühlte, daß er stürzte, und es schien ihm, daß ihn jemand bedauerte und ihm in seine tauben Ohren flüsterte: »Zu spät... Zu spät...«

Der Taube hatte noch niemals eine so leise Stimme gehört. Er erschrak und schloß seine großen, bleiernen Augen.

Später, als er sie wieder aufschlug, umstanden ihn viele mehlbestaubte Arbeiter. Sie beugten sich über ihn und schrien ihm in die tauben Ohren: »Wo, wo tut es weh?«

Er lag mit totblassem Gesicht auf dem Boden und hatte gar keine Kraft, um auf das Schulterbein und die Hüfte zu zeigen.

Nachher trug man ihn in sein kleines Häuschen in der engen Klausgasse. Der Trödler und die Trödlerin, bei denen er wohnte, wollten ihn nicht in ihren Zimmern haben. Man legte ihn daher auf das alte hölzerne Bett in der Küche.

Der heuchlerische Jossele Babtsches machte seine boshaften Witze.

Wenn er mit Mendel sprach, kratzte er sich hinter den Ohren und stellte die Geschichte mit dem Tauben als bedeutungslos hin: »Kein großes Unglück... Der Teufel wird ihn so bald nicht holen, den Tauben!«

Nachher kam er zum Tauben und schrie ihm in seine tauben Ohren: »Was hast du dir denn gedacht? Glaubst du, daß du aus Byks Händen heil entrinnen wirst?«

Was brauchte Jossele so zu heucheln?

Byk hatte ihn einmal eines Diebstahls verdächtigt. Er warf ihn im Winter mit aller Kraft die steinerne Mühlentreppe hinunter, so daß der dürre Jossele sich erschrocken an seine blutende spitze Nase griff und wie ein Weib zu schluchzen begann: »Ach... Mein Kopf... Er hat mir den Schädel eingeschlagen...«

Vielleicht war er schon selbst seines heuchlerischen Lebens überdrüssig und wollte anständig und ehrlich werden, und konnte es nicht. Vielleicht hielt er es daher für nötig, dem Tauben ein freundliches Wort zu sagen: »Es ist nicht schlimm, wirklich nicht schlimm. Du mußt mußt nur eine Zeitlang liegen und das Schulterbein und die Hüfte warm halten.«

Der Taube verstand aber keine Witze und nickte traurig mit dem Kopf: Gut, gut, er wird schon eine Zeitlang liegen.

Er dachte nicht mehr an Tod und Leben, er lag im Bett mit gleichgültigem, blassem Gesicht und konnte unmöglich den Gedanken los werden: »Heruntergefallen... Vom vierten Stock heruntergefallen...«

Ihm war anscheinend alles gleich, selbst ob er einmal vom Bette aufstehen würde oder nicht.

Später einmal kam zu ihm Esther. Sie kam schlank und frisch in einem neuen schwarzen Herbstmantel und mit einem neuen Ausdruck in ihren schwarzen Augen. Sie stand eine Weile erstaunt vor seinem Bett, hielt einen Finger vor den Mund und blickte ihn mitleidig und nachdenklich an.

»Ein schönes Ende! Ein schönes Ende hast du erlebt...«

Sie beugte sich über ihn, sie wollte ihm wohl etwas in sein taubes Ohr hineinschreien, konnte sich aber nicht länger beherrschen und begann laut zu weinen. Sie vergrub ihr Gesicht in den Lumpen, die auf seiner Brust lagen, schluchzte und weinte. Es war nicht klar, wessen Unglück sie beweinte: das Unglück ihres tauben Vaters oder ihr eigenes Leid, das ebenso unbegreiflich und dunkel war wie jene finstere Herbstnacht, in der die beiden entlassenen Arbeiter vor Byks Haus gelauert und etwas gesehen hatten.

Der Taube sah sie mit seinen großen bleiernen Augen an und wollte ihr etwas Wichtiges sagen. Die Worte gingen ihm formlos und verworren durch den Kopf: Ja, sie soll nicht leichtsinnig sein, das ist die Hauptsache!

Er hatte schon den Mund aufgemacht und eine Hand zu einer Gebärde ausgestreckt. Esther erhob sich aber in diesem Augenblick und begann ihren Herbstmantel zuzuknöpfen. Sie schüttelte langsam und traurig den Kopf, seufzte und schmatzte sogar verzweifelt mit den Lippen. Dieser schmatzende Ton sollte besagen: Das will ein Vater sein... Gott sei es geklagt... Gescheite Dinge kann sie von ihm zu hören bekommen...

Tag und Nacht regnete es. Es regnete eintönig und eigensinnig, wie wenn jemand den Regen anflehte, endlich einmal aufzuhören, und er darauf nicht hören wollte und immer trotziger wiederholte: »So will ich es... So will ich es... So will ich es...«

Schmutzige Herbsttränen liefen an den angelaufenen Fensterscheiben herunter. Sie schlängelten sich langsam über das Glas und wurden schließlich von den feuchten Küchenwänden aufgesogen.

Wer brauchte diese Tränen?

Alles war so unfreundlich und böse, selbst der schiefe zersprungene Backofen, den der Taube Tag und Nacht vor seinen Augen hatte.

So stumm war alles um ihn herum. Das kam sogar dem Tauben merkwürdig vor: Früher hörte er ja manchmal beim Trödler die Nähmaschine klappern.

Stundenlang saß er stumm und trübsinnig auf dem Bett, ließ die Beine herunterhängen und warf flehende Blicke der Trödlerin zu, die sich mit dem nassen Holz im Backofen abplagte.

Er wollte sie ja nur um eine Kleinigkeit bitten, und doch verzog er sein müdes Gesicht wie ein Bettler: Wenn sie ihm doch nur ein paar Worte ins taube Ohr hineinschreien wollte! Dann würde er hören, ob er noch tauber geworden sei.

Die Trödlerin war eine böse Schlange. Jeden Augenblick ging sie an seinem Bett vorbei und berührte sogar seine herunterhängenden Beine, würdigte ihn aber keines Blicks. So schlecht war sie, diese ausgetrocknete Trödlerin, und er konnte auch mit seiner Bettlergrimasse ihre Aufmerksamkeit nicht auf sich lenken.

Wenn er ihr ein Bein stellen und sie so aufhalten wollte, würde sie wohl vor Schreck zusammenfahren und erstaunt ausrufen: »Schau nur, er lebt noch immer, der Taube?!«

Er ärgerte sich über die Trödlerin. Er sah sie mit bösen Augen an und brummte etwas in den Bart. Ebenso böse pflegte er einst seine verstorbene Frau Leë anzuschauen. Sie legte sich dann ihm zum Trotz in den Kleidern zu Bett, und er nahm die Eßschüssel vom Tisch und schleuderte sie mit aller Kraft auf den Boden.

Esther kam einmal wieder und zankte sich seinetwegen mit

der Trödlerin. Er lag im Bett, hörte kein Wort und dachte wieder an das Ernste und Wichtige, das er ihr zu sagen hatte. Er wälzte den Gedanken lange in seinem tauben Kopf hin und her, und als die Worte schließlich weich und dumm von seinen Lippen kamen, waren sie ganz anders, als er sie sich zurechtgelegt hatte: »Ja, siehst du, wenn deine selige Mutter noch am Leben wäre...«

Er brachte es hart und schwer heraus. Und er schämte sich gleich darauf vor sich selbst und vor ihr, der Schlanken und Aufgeregten, die gar nicht mehr wußte, wie ihre verstorbene Mutter ausgesehen hatte. Sie sah ihn erstaunt an, als wollte sie fragen: Was nützt mir jetzt die verstorbene Mutter, die auf dem Alten Friedhof liegt?

Sie holte aus der Tasche ein Stück Buttergebäck und gab es ihm. Er biß davon ab, spürte den guten Geschmack und begann das Gebäck aufmerksam zu betrachten: »Byk weiß, was gut ist!«

Plötzlich fielen ihm die wichtigen Worte ein, nach denen er so lange gesucht hatte: Es ist nicht schön... Das, was die beiden Arbeiter in jener Nacht gesehen hatten, ist nicht schön...

Ja, und noch eines: er traut ihnen beiden nicht, weder dem Byk, noch seinem Sohn. Er traut ihnen gar nicht...

III.

Als die ersten Fröste begannen, ließen die Schmerzen im Schulterbein und in der Hüfte nach. Die Küchenfenster waren von Schnee verweht, und das Holz im Ofen der Trödlerin war noch feuchter. Den Tauben fror es. Er zog sich die Stiefel und die wattierte Joppe an, umgürtete sich mit seinem roten Gürtel und stülpte sich sogar seine geflickte Lammfellmütze über die tauben Ohren. Die Trödlerin staunte: Wo will er hin, der Taube?

»In die Klaus«, – antwortete er leise und mürrisch. – Er geht in die Klaus, um sich zu wärmen...

Die Trödlerin sagte etwas. Vielleicht schimpfte sie auf ihn. Er wußte es nicht und ging aus dem Haus.

Vor dem heißen Ofen in der Klaus traf ihn einmal Jossele, der Aufseher, und schrie ihm etwas in seine tauben Ohren hinein.

»Der Byk... Byk!«

Er sprach etwas davon, daß Byk ihn, Jossele, den Aufseher, ohne jeden Grund entlassen hatte. Und dann schrie er etwas über den Tauben selbst: Ja, ja, er, der Taube, soll doch den Byk verkno3aube, soll doch den Byk verklagen...

»Verklagen?« wunderte sich der Taube.

Er verstand nichts. Er hob eine Hand in die Höhe und sagte »Byk«; dann senkte er die Hand fast bis zum Fußboden und deutete auf sich selbst. Das sollte heißen: Der Byk ist so groß und mächtig, und er, der Taube, so klein... Natürlich wird der Große den Kleinen unterkriegen.

Jossele runzelte die Stirn, wurde nachdenklich und nahm sogar sein Bärtchen in die Hand. Auch dem Tauben kam es vor, daß er eben etwas Kluges und Tiefes gesagt habe. Er fügte hinzu: Er wäre froh, wenn Byk ihn, den Tauben, nur in Ruhe ließe...

Er dachte dabei nicht an sich und Byk, sondern an Esther und Byks kräftigen Sohn. Er wollte Jossele, den Aufseher, etwas fragen und wußte nicht, wie er es anstellen sollte.

Der Abend war schneidend kalt. Er ging zu Esther, um ihr etwas sehr Wichtiges zu sagen. Unterwegs überlegte er sich, was er ihr sagen wollte, und wiederholte immer vor sich hin, wie er beginnen würde: »Der Mensch muß wissen... Der Mensch muß verstehen...«

Als er aber die Außentür von Byks Küche aufmachte, sah er den großen, lebhaften Mendel aus einer Küchenecke springen und durch die weiße Tür, die in Byks Wohnzimmer führte, verschwinden. Er erschrak, bekam Herzklopfen, und die wichtigen Dinge, die er Esther sagen wollte, entfielen ihm wieder. In seinem tauben Kopf blieb nur noch der Gedanke: Mendel ist ein übler Bursche... Ein gar übler Bursche...

Esther saß aber schon neben ihm, drückte ihm eine gebackene Kartoffel in die Hand und schrie: »Note der Schadchen war hier!«

Sein Gesicht heiterte sich etwas auf, seine bleiernen Augen lächelten, und er fragte: »Ist es wahr?... Lügst du mich nicht an?«

Sie schrie ihm wieder etwas ins Ohr: »Joël, der Sohn Pinjes des Färbers!«

Der Taube biß ein Stück von der heißen Kartoffel ab und behielt es im Mund. Er verzog sein breites Gesicht, wie wenn er jemand um Gnade anflehte: »Es ist doch eine üble Partie...«

Und sie schrie ihm ins taube Ohr hinein: »Joël ist ein Spitzbube... Ein Spitzbube aus Odessa!«

Er kaute die Kartoffel und nickte mit dem Kopf: »Ja, ein Spitzbube... Gewiß ist er ein Spitzbube...«

IV.

Es war eine frostige Nacht.

Dem Tauben träumte es, daß er aus dem höchsten Fenster der Mühle hinausschaue und sehe, wie Mendel auf dem Mühlenhof der Christin nachrennt, die jeden Morgen das Kontor aufräumt. Die Christin flieht erschrocken vor ihm, gleitet auf dem vereisten Hof aus und fürchtet, daß Mendel sie gleich einholen wird. Etwas abseits steht der Müller Schulz, lacht und schreit: »Fang sie!... Fang sie!...«

Plötzlich sieht der Taube, daß es gar nicht die Christin ist, die vor Mendel flieht, sondern seine Tochter Esther. Er erschrickt. Esther flieht mit ausgestreckten Händen und schreit vor Angst. Wäre er nicht taub, so könnte er ihre herzzerreißenden Schreie hören.

Die dürre, böse Trödlerin schimpfte dann den ganzen Vormittag auf ihn: »Daß dich die Cholera!... Was hast du in der Nacht so gebrüllt?«

Sie ging sogar auf ihn zu und zupfte ihn am Ärmel: »Was hast du so gebrüllt in der Nacht?«

Er wunderte sich und zuckte die Achseln: Er hat gebrüllt? Er hat gar nicht gebrüllt!

Er erinnerte sich weder an den Traum noch an Mendel und die Christin. Er zog sich langsam die Stiefel an, betrachtete sie von allen Seiten, sagte sich, daß man sie mit etwas Fettem einschmieren sollte und ging in die Klaus. Dort saß er am heißen Ofen und dachte daran, daß er, der Taube, die Wärme liebte; auch liebte er den Kopf vom Fisch, frische Challe und fettes Fleisch, wie der alte Byk einmal eines vor seinen Augen aß.

Ja, Byk weiß, was gut ist!

Die Klaus füllt sich allmählich mit Menschen. Sie gehen auf und ab und reden. Warum beginnen sie nicht zu beten? Jeden Augenblick kommen neue Menschen herein. Sie kommen atemlos hereingestürzt und werden sofort von der Menge der schon Anwesenden verschlungen, und die Menge wird immer größer. Der Taube schaut mit seinen bleiernen Augen hin und bemerkt, daß die, die von draußen hereinkommen, erschrockene Gesichter und weitaufgerissene Augen haben. Sie scheinen die Anwesenden zu fragen: »Ist es wahr?« Jene nicken mit dem Kopf. Sie bleiben wie erstarrt und vernichtet stehen und schmatzen bedauernd mit den Lippen: »Wie traurig ...«

Es scheint ihm, daß alle Leute ihn anblicken. Die Leute tuscheln miteinander und werfen ihm so sonderbare Blicke zu. Er wendet seinen tauben Kopf nach allen Seiten. Einer zeigt auf ihn mit dem Finger. Er sieht sich um, ob seine Kleider in Ordnung sind: vielleicht hat er die Hose nicht richtig zugeknöpft. Man geht auf ihn zu und schreit ihm ins Ohr, daß er zu Wowe Byk gehen soll. Er schaut die Leute erstaunt an und kann nicht begreifen, was sie davon haben werden, wenn er zu Wowe Byk gehen wird. Ein ehrwürdig aussehender Mann geht auf ihn zu und schreit ihm wieder ins Ohr, daß er zu Wowe Byk gehen soll. Der Taube tippt sich mit dem Finger an die Brust und fragt: »Ich soll gehen? Ich?«

Er versteht nicht, was man von ihm will, und geht doch hin. Er zuckt die Achseln und geht.

Aber vor Byks Haus ist ein großes Gedränge. Es scheint ihm, daß es dieselben Menschen sind, die er vorhin in der Klaus gesehen hat. Sie drängen sich in die Wohnzimmer und aus den Zimmern in die Küche; der Taube geht mit den anderen. Er will gar nicht mit, und er weiß nicht, was er da zu suchen hat, und drängt sich doch vor. Die Küche ist voller Menschen. Es ist finster, alles bebt und dreht sich vor seinen Augen so rasch wie die Siebe in Byks Mühle. Alles bebt und schwankt: die Küche, die Leute und selbst die Bettstelle mit der blauangelaufenen Leiche, die auf ihr liegt und vor der er endlich steht. Er erkennt die Leiche sofort: »Ja, es ist Esther, gewiß ist es Esther ...«

Er ist gar nicht erstaunt. Im Gegenteil, es scheint ihm, daß er schon einmal vor dieser selben Bettstelle gestanden ist, und diese selbe Leiche gesehen hat. Das ist schon lange, sehr lange her, aber es ist doch einmal gewesen. Sogar dieselben Menschen standen damals um ihn herum, und draußen war der gleiche trübe Wintermorgen.

Jemand zupft ihn am Ärmel und zeigt auf die Decke. Vom Haken in der Decke hängt ein Strick herab. Nun versteht er schon, daß sie sich erhängt hat. Er will fragen: Warum? Er fragt aber nicht und schaut auf die alte Frau, die der Leiche zu Häupten steht. Die Alte hat ihr Gesicht so seltsam verzogen. Sie weint wohl mit herzzerreißender Stimme, er ist aber taub und hört es nicht. Auch er verzieht das Gesicht, er will weinen und bringt es nicht fertig. In die Menge kommt Bewegung, man drängt die Leute hinaus; der alte Schames von der Chewre Kadische steht vor der Tür und schreit: »Genug, genug! Geht doch endlich einmal!«

Die Küche leert sich. Man versucht, auch ihn hinauszudrängen, er will aber nicht gehen. Man stößt ihn in den Rücken; er blickt mit bösen Augen um sich und versucht, sich an der Bettstelle mit der Leiche festzuhalten. Man will ihn mit Gewalt losreißen, und er schleppt die Bettstelle mit sich. Die Leute werden müde, mit ihm zu kämpfen und lassen ihn schließlich in Ruhe. Da bemerkt er, daß jemand in der Türe steht und erinnert sich an seinen Traum, an den Mühlenhof, an Mendel, an die Christin und an Esther. Er läßt die Bettstelle los und läuft hinaus. Unterwegs vergißt er, wohin er laufen will. Seine Stiefel versinken tief im Schnee, er atmet schwer, fühlt, daß seine Kräfte zu Ende gehen, läuft aber immer weiter.

V.

Das war so sonderbar.

Einmal vergaß man bei Byk, die Kuh für die Nacht in den Stall zu sperren. Am Morgen fand man sie mit abgeschnittenem Schwanz draußen vor dem Tor stehen. Alle Hausbewohner mit dem alten Byk an der Spitze kamen heraus. Man ließ die Kuh in den Hof herein, stellte sich um sie herum, betrachtete sie erstaunt und sah sich mit fragenden Blicken an: »Was soll das bedeuten?«

Der Schwanz war mit irgendeinem scharfen Werkzeug oben an der Wurzel abgeschnitten. Aus der Wunde tropfte noch Blut. So traurig und unglücklich stand die Kuh zwischen den ihr vertrauten Menschen da, sah sie mit ihren großen Kuhaugen an und schien zu sagen: Schaut nur her: Ewig, ewig werde ich ohne Schwanz sein... Weh ist mir...

Einige Tage hindurch zerbrachen sich alle den Kopf: »Wessen Werk ist das?«

Man verdächtigte Jossele, den entlassenen Aufseher, und die beiden Arbeiter, die Mendel verprügeln wollten. Man zitierte sie sogar auf die Polizei, und der Wachtmeister nahm sie ins Gebet. Einige Wochen später kam man auf einen neuen Gedanken: »Hat es vielleicht der Taube getan?«

Jemand ließ diese Worte, ohne sich dabei etwas zu denken, fallen. Aber alle fingen den Gedanken auf. Es war ja ganz unglaublich, daß der breitbeinige Taube in der wattierten Jacke, mit der Lammfellmütze über dem traurigen, gleichgültigen Gesicht es getan haben sollte. Und doch glaubten es die Leute. Sie staunten, konnten es nicht begreifen, und glaubten es doch.

»Wer kann wissen, was so einem Tauben alles einfallen kann? In seinem Kopf ist ja längst eine Schraube los!«

Als die Trödlerin ihn einmal irgendwie erzürnt hatte, zog er sich einen Stiefel aus und warf ihn ihr an den Kopf. Nachher schleuderte er alle ihre Betten, Tische und Stühle auf die Straße hinaus.

Damals lief das ganze Städtchen zusammen. Die Leute sahen von weitem zu und fürchteten, näher zu kommen. Der eine sagte es dem anderen: »Dem Tauben ist das Blut in den Kopf gestiegen!«

Die ausgetrocknete Trödlerin stand dabei, schlug sich mit den Fäusten vor die Stirn und schrie mit ihrer durchdringenden, heiseren Stimme: »Seht, Leute, er macht mir einen Pogrom!... Einen Pogrom macht er mir!«

Die Leute standen herum und sahen zu. Einige mitleidige kräftige Burschen hatten nicht übel Lust, sich auf den Tauben zu stürzen. Die Trödlerin hatte aber viele Feinde. Diese warfen ihr böse Blicke zu und tuschelten hinter ihrem Rücken: »Macht nichts... Macht nichts, sie hat dem Tauben schon genug zugesetzt!«

Der Taube schmiß aber noch irgendein Möbelstück aus dem Haus und fluchte mit dumpfer Stimme: »Zum Teufel...«

Jetzt zitierte man auch ihn auf die Polizei, und der Wachtmeister fragte ihn: »Kennst du sie, Byks Kuh?«

Er klammerte sich an das eine Wort »Byk« und war davon nicht mehr abzubringen: »Ja, ja, Wowe Byk!«

Dem Wachtmeister wurde es schließlich zu dumm, und er wollte den großen breitbeinigen Kerl, der ihn mit großen Augen anglotzte und immer wieder dasselbe Wort »Byk« stammelte, loswerden. Der Taube wollte aber nicht gehen. Er stand dicht vor dem Wachtmeister, fuchtelte vor seinem Gesicht mit den Händen und sagte immer wieder: »Wowe Byk... Ja...«

Er wollte dem Wachtmeister etwas erzählen: von einer Dampfmühle, die unaufhörlich bebt, von einer Bettstelle, auf der eine Leiche liegt, und von einem Strick, der von einem Haken herunterhängt. Er wollte erzählen und konnte es nicht. Er war in dem ersten Wort »Byk« wie in einem Netz hängengeblieben und hatte keine Kraft, sich daraus zu befreien.

Der Wachtmeister schob ihn schließlich hinaus und versperrte hinter ihm die Tür. Er stand noch lange vor dem Haus und begann, ohne jeden Grund die Bänder an seiner Unterhose umzubinden. Als irgendein Mann vorbei kam, ließ der Taube die Hose sein und ging ihm nach. Eine Hand vor sich ausgestreckt, begann er, ihm dasselbe zu erzählen, was er soeben dem Wachtmeister hatte erzählen wollen: »Ja!... Der Byk...«

Der Mann erschrak und lief mit Herzklopfen davon. Der Taube ging immer weiter auf der Straße zur Stadt und hielt jeden Menschen an, dem er begegnete. Die Leute hatten vor ihm Angst und wichen zurück. Er blieb jedesmal mit einer ausgestreckten Hand und dem nicht zu Ende gesprochenen Satz auf den Lippen stehen: »Ja... Der Byk...«

Offenbar begann jeder Gedanke in seinem zusammengepreßten Hirn mit diesem Wort. Aber niemand wollte ihn anhören. Darum kam er nicht über das eine Wort hinaus. Er hoffte wohl, daß schließlich doch noch ein Mensch kommen würde, der ihn anhörte. Dann würde er dieses erste Wort lassen und den Gedanken, der seinen tauben Kopf beschäftigte, zu Ende sprechen.

Schließlich kam er vor die Klaus. Er öffnete die Tür und steckte seinen tauben Kopf hinein. In der Klaus war kein Mensch, und er setzte sich an den heißen Ofen. Um ihn herum war es so still. Die Fensterscheiben waren matt angelaufen, die Betpulte standen verlassen da wie Grabsteine von Heiligen, die das Antlitz nach Osten wenden und den Herrn, gepriesen sei Er, schauen.

Auf der anderen Seite, dem heißen Ofen gegenüber, schnarcht ein Bettler, der aus einer fernen Stadt zu Fuß gekommen ist. Er schläft und träumt von einem ganzen Haufen einzelner Kopeken.

Der Taube sitzt traurig am Ofen. Er hört nichts und weiß gar nicht, daß in seiner Nähe ein Mensch schläft. Verschwommene Gedanken regen sich schwach in seinem zusammengepreßten, kalten Gehirn: die Erinnerung an ein verwundetes Schulterbein, an eine Bettstelle, auf der eine Leiche liegt, und an einen Haken, von dem ein Strick herunterhängt. Über allem schwebt aber der eine nicht ausgesprochene Gedanke: »Der Byk... Ja!...«

Jossele, der Aufseher, kommt herein, zieht seinen Schafpelz aus und setzt sich neben ihn an den Ofen. Langsam und nachdenklich streicht er seinen Spitzbart. Er denkt seine boshaften Gedanken, die Gedanken eines Armen, der keine Stelle hat. Jossele hat manchmal so sonderbare Einfälle. Er schreit dem Tauben etwas in sein verstopftes Ohr hinein, und der Taube beugt den Kopf vor und nickt: »Gestorben?... Wie denn sonst? Gewiß...«

Er will etwas sagen, aber Jossele lacht. Jossele verzieht seine Oberlippe mit dem gestutzten Schnurrbart und zeigt die gelben, verrauchten Zähne. Jossele schreit wieder, und der Taube schaut ihm in die Augen. Sein Gesicht ist finster, und die bleiernen Augen starren Jossele an, fangen einzelne, abgerissene Worte auf und übergeben sie dem zusammengepreßten Gehirn: »Byk ist ein Schwein... Ein reiches Schwein...«

Er glaubt, daß Jossele ihn necken will und wird böse. Bald vergißt er aber, daß er böse ist und wem er böse ist. Er denkt nur noch an Byks weißgetünchtes Haus mit den Akazienbäumen vor den Fenstern und dem blauen, neugestrichenen Zaun.

In den angelaufenen Fensterscheiben wird es dunkel. Menschen kommen in die Klaus. Der Taube geht hinaus, steckt die Hände in die Ärmel und macht sich auf den Weg. Er geht langsam, mit gesenktem Kopf, vergißt aber bald, wohin er geht; er fühlt sogar nicht, daß er geht, und weiß nicht, ob jetzt Winter oder Sommer ist. Einige Jungen verlassen den Eislauf und gehen ihm nach. Sie schreien ihm etwas zu, er hört sie aber nicht. Er geht zwischen den beiden Reihen der hölzernen Marktbuden und sieht sich nicht um. Menschen weichen vor ihm aus, und er sieht sie nicht. Hinter ihm fährt ein Schlitten. Der Bauer ist halb erfroren und zu faul, um die Zügel in die Hand zu nehmen und auszuweichen. Er ruft ihm zu: »Vorsicht!« Der Taube hört es aber nicht. Die Deichsel fährt ihm in seinen gekrümmten, breiten Rücken. Er greift mit der Hand nach der Stelle, wo ihn die Deichsel getroffen hat, wendet sich aber nicht um und geht weiter.

In Byks finsterem Vorzimmer bleibt er stehen und weiß nicht, wohin er weiter gehen soll. Die Tür rechts, die ins Eßzimmer führt, ist zu und scheint von innen abgesperrt zu sein. Die Tür links, die zur Küche führt, steht etwas offen. Ein schmaler Lichtschein dringt durch die Türspalte aus der Küche, fällt auf den Fußboden des finsteren Vorzimmers und rührt sich nicht. Der Taube steht in der Ecke, der Küchentür gegenüber und rührt sich auch nicht. Jemand geht mit einer Lampe in der Hand durchs Vorzimmer, erblickt in der Ecke ein Paar abgewetzte Stiefel und erschrickt. Es gibt große Aufregung, und alle Hausbewohner stürzen ins Vorzimmer. Der alte Byk selbst schreit ihm etwas ins taube Ohr. Er hört aber nichts und denkt: »Der Byk ist ein Schwein... Ein reiches Schwein...«

Wie er wieder zu Hause ist und neben dem Trödler am Ofen sitzt, denkt er noch immer an dasselbe.

Er weiß noch, daß er eben bei Byk gewesen ist und ihn ganz nahe vor sich gesehen hat.

Er weiß auch, daß er ein tauber Träger ist, der einst eine Frau Leë und eine Tochter Esther gehabt hat.

Er verzieht das Gesicht, tippt sich mit dem Finger an die Brust und sagt zum Trödler: »Essen!...« Er hat solches Ziehen in der Herzgrube.

Der Trödler sitzt ruhig an seiner Seite, hält ein kleines, schmutziges Kind auf dem Schoß, streichelt ihm sein schmutziges Köpfchen und spricht mit hoher Weiberstimme. Er hat keinen Bart, sondern nur einzelne Härchen am Kinn, die bei jedem

Wort, das er sagt, zittern. Er steht gähnend auf und schreit dem Tauben ins Ohr: »Soll er dir nur zahlen, der Byk...«

Das schmutzige Kind verzieht das Gesicht, öffnet das zahnlose Mündchen und weint jämmerlich. Der Trödler hört es nicht und schreit dem Tauben ins Ohr: »Der böse Geist fahre in seinen Vater!«

Die Trödlerin kommt von der Straße herein, packt das weinende Kind mit ihren kalten, dürren Händen und schreit mit kreischender Stimme: »Für so etwas kann er gut bezahlen, der Byk... Er weiß aber, mit wem er es zu tun hat!«

Sie packt ihn an der Hand und schreit: »Tauber Golem!... Was schweigst du?«

Seine Gedanken sind aber schon wieder durcheinander geraten. Er schaut der Trödlerin ins Gesicht und rührt sich nicht.

Ein Nachbar, ein Schneider mit langem, weichem Bart kommt zum Trödler in die Stube, betrachtet lange und aufmerksam den Tauben und zupft ihn am Ärmel: »Tauber, was ist heute für ein Tag?«

Er ist so sanft und gutmütig, dieser junge Schneider mit dem langen, weichen Bart. Er will feststellen, ob der Taube noch richtig denken kann. Er bekommt aber gleich Herzklopfen, sein freundliches Gesicht wird über und über rot, und seine Augen blicken verschämt: Wer weiß? Vielleicht hat er eben eine Dummheit gemacht...

Der Taube weiß aber nicht, wer ihn am Ärmel zupft. Er weiß nicht, warum man ihn am Ärmel zupft, und ob bei dem, der ihn zupft, heute Sabbat oder Werktag ist. Mit gekrümmtem Rükken, die Hände in die Ärmel gesteckt, verläßt er das Haus und geht. Er weiß selbst nicht, wohin er geht. Er geht eine Weile vor der Klaus und zwischen den Marktbuden herum und sieht sich plötzlich wieder in Byks Vorzimmer. Byk steht vor ihm und schreit ihm in sein taubes Ohr: »Was willst du, Tauber?«

Man weist ihm die Tür. Er steckt die Hände wieder in die Ärmel und geht gehorsam hinaus.

VI.

Die nebligen Winternächte gähnten und gebaren kurze und frostige Tage. Es waren eigentlich keine Tage, sondern finstere, furchtbar kalte Abenddämmerungen.

Es schneite unaufhörlich.

Der Trödler zog am frühen Morgen seinen Schafpelz an, wikkelte sich in den Schal seiner Frau und ging auf den Markt. Bald kam er verschneit, mit blaugefrorener Nase zurück. Er rieb sich die erfrorenen Ohren mit den steifen Fingern und erzählte seiner Frau, daß man irgendwo in einem nahen Dorf drei Menschen erfroren aufgefunden habe.

Ja, noch etwas: mehrere Juden haben sich heute früh aufgemacht, um auf einen Jahrmarkt zu fahren, und kamen bald halberfroren wieder zurück.

Der Trödler war zufrieden, daß er sich so gut mit Heizmaterial versehen hatte. Er saß mit einer Arbeit in der Hand am heißen Ofen, sah auf die schneeverwehten Scheiben und war so gut aufgelegt, daß er ein Gespräch mit dem Tauben begann: »Bleib zu Hause, Tauber... Hörst du, was man dir sagt?«

Der Taube hörte aber nichts. Er zog seine kurze dicke Joppe an, umgürtete fest die Lenden, stülpte die Mütze über die Ohren und zupfte sogar die Trödlerin an der Jacke: Soll sie es nur sehen: er geht... in die Mühle geht er... in Byks Mühle...

Die Trödlerin warf ihm einen bösen Blick zu: »Geh... Laß dich begraben... Komm nie wieder zurück...«

Er nickte aber nur und sagte: »Ja, ja, zu Byk in die Mühle.«

Er ging langsam durch die Stadt und bog dann nach links ins einsame Tal ab, wo der Schneesturm sich mit dem Rauch vermengte und um die Mühle tanzte.

Der pelzvermummte Torwächter wollte ihn nicht einlassen. Der Taube begann mit ihm zu ringen. Er verprügelte den Wächter, und der Wächter verprügelte ihn. Schließlich holte man den Wachtmeister, der ihn zwei Bauern übergab.

Diesem Tage folgte eine frostige, stille, sternenklare Nacht.

Vor Tagesanbruch fährt eine Gesellschaft verschlafener Juden mit einem Schlitten zum Jahrmarkt ins nächste Städtchen. Alles ist so still. Rechts schlummert der Bauernfriedhof. Links liegt Wowe Byks weißes Haus mit dem großen Garten. Und über allen Dingen ruht der reine Morgenhimmel mit den erlöschenden Sternen, die einander zublinzeln und von den Geheimnissen der Nacht erzählen.

Die Juden lassen ihre Köpfe sinken und schlummern ein mit dem frommen Gedanken: »Gebe Gott, daß es ein guter Jahrmarkt wird ...«

Plötzlich scheuen die Pferde und prallen zur Seite. Der erschrockene Bauer schreit: »Halt!«

Die Juden erwachen. Vor Schreck haben sie alle Herzklopfen.

»Was ist los?«

Der Bauer steht schon vor den Pferden und flucht unflätig.

»Um ein Haar hätten wir einen Menschen überfahren! ...«

Die Juden springen aus dem Schlitten, laufen zum Bauern und erblicken den Tauben.

Er liegt in seiner kurzen Joppe mit der über die Ohren gestülpten Mütze im Schnee und hält ein Beil in der Hand.

Da er noch warm ist, legt man ihn auf den Schlitten und bringt ihn nach Hause. Was soll man denn tun?

Die Jahrmarktsleute sind unzufrieden. Sie schauen auf das blasse Morgenrot und jammern: »Wir kommen zu spät zum Jahrmarkt!«

In der Stadt redete man drauf los: »Ist es denn etwas Neues? Der Taube will den Byk erschlagen.«

Bald fand sich auch ein Zeuge, der Byks Angst noch größer machte.

Ja, wann ist das gewesen? Spät am Abend ist er an Byks Haus vorbeigegangen und hat gesehen, wie ein Mann über den hohen Zaun zu klettern versuchte. Er bekam Angst und lief davon.

Und noch etwas: Wer weiß nicht, daß der Trödler jeden Morgen die Türe des Tauben versperrt findet?

Byk stellte sich bald darauf einen kräftigen Nachtwächter an, der die ganze Nacht an den hohen Zaun klopfte. Der halberfrorene Taube war nachher zwei Wochen lang krank und lag wie ein Golem auf dem Bett in der feuchten Küche.

Jemand hatte Mitleid mit ihm und schickte ihm den jungen, ruhigen, gutmütigen Arzt, der einen kleinen Schnurrbart und kluge schwarze Augen hatte. Der ruhige gutmütige Arzt saß lange neben ihm, sah ihm in sein gleichgültiges Gesicht und hörte die lange Geschichte an, die ihm die Trödlerin mit ihrer hohen Stimme erzählte. Alles, was er sah und hörte, kam ihm wohl sehr wichtig und interessant vor. Darum saß er so ruhig und nachdenklich da und hörte mit großer Andacht zu.

Einige Tage später kam derselbe gutmütige junge Arzt mit denselben klugen, schwarzen Augen wieder und saß wieder neben dem Tauben.

Er blickte dem Tauben ins Gesicht und dachte sich etwas.

Der Taube blickte ihm ins Gesicht und dachte sich auch etwas.

Und doch verstand der eine den anderen nicht. So verschieden und einander fremd waren diese beiden Menschen, die sich in die Augen sahen.

Der Taube wurde schließlich von selbst, ganz ohne fremde Beihilfe, gesund. Er konnte jetzt überhaupt an keinen Menschen mehr denken.

Es war so seltsam: Er wurde noch kräftiger und gesünder als zuvor, und doch blieb ihm von der Krankheit etwas zurück.

Er hatte ganz aufgehört, des Nachts zu schlafen.

Groß, breitbeinig und gleichgültig ging er in der Stube auf und ab und schwieg zugleich mit der stillen, finsteren Nacht.

So lang und so finster waren die Nächte. Sie hüllten die ganze träumende Welt in ihre Schatten und schläferten alles, was da lebte und fühlte, ein; alles außer ihm, dem einzigen Puls der Welt, der nicht ruhen konnte, der an Ruhe nicht einmal denken durfte.

Er ging in seiner kleinen Stube auf und ab und trug auf sich die ganze Unruhe und das ganze Leid aller, die da schliefen. Er war gar nicht müde und dachte nicht an den Schlaf. Wenn ihn jemand an der Hand nehmen und zum Stehen bringen wollte, würde er gar nicht hinsehen: er hätte seine Hand losgerissen und wäre wieder auf und ab gegangen.

Manchmal erwacht in der Nacht das kleine Kind der Trödlerin. Es ächzt zuerst einigemal und beginnt dann zu weinen.

Die Trödlerin hebt den schweren, schlaftrunkenen Kopf und ruft dem Kind zu: »Schlaf schon, schlaf! ...«

Da hört sie, wie der Taube im anderen Zimmer auf und ab geht und schreit: »Daß dich die Cholera ...«

Der Taube hört aber nichts und setzt seine Wanderung fort. So fest und hart sind seine Schritte, und die Nacht ist so still. Sie verschlingt die harten und festen Schritte und wartet auf neue. Und da kommen schon die neuen, schweren Schritte und widerhallen wie Hammerschläge im Gehirn. Vielleicht eben darum, weil die Nacht so still ist und alles außer dem Tauben schläft, scheint es, daß der Taube in alle Ewigkeit auf und ab gehen wird, und daß die Nacht sich ewig hinziehen wird. Die Trödlerin erschrickt vor diesem Gedanken, sie zieht sich die Bettdecke über den Kopf und schläft mit kindlichem Grauen ein. Alles schläft schon in ihr, aber in ihrem schlafenden Hirn regt sich noch immer der abgerissene Fluch: »Die Cholera ... Die Cholera ...«

Als der Trödler einmal mitten in einer bleichen Nacht erwachte, hörte er die Schritte des Tauben nicht. Und er fragte sich: »Hat ihn vielleicht schon der Teufel geholt?«

Der Taube lag aber in seinem Bett und hämmerte ohne Unterlaß mit den Füßen gegen die Bettwand. Er war nicht schläfrig und wußte gar nicht, ob vor dieser Nacht ein Tag gewesen ist und ob nach ihr noch etwas kommen wird.

Jemand blickt von außen ins Fenster hinein. Der Taube richtete sich auf den Knien auf und sah zum Fenster hinaus. Eine Kuh stand draußen und blickte traurig und unglücklich herein. Er erkannte sofort die Kuh: »Es ist Wowe Byks Kuh ...«

Er griff schnell nach dem Beil und lief hinaus. Vor dem Hause stand die Kuh. Sie zupfte aus dem niedrigen Dach Stroh und kaute es stumpf und gleichgültig. Als die Kuh den Tauben erblickte, ging sie vom Haus fort, und er ging ihr langsam nach. So still und leer war alles ringsum. Ein feuchter Wind zog durch die bleiche Nacht und stellte alles mögliche an: Aus dem Strohdach eines nahen Häuschens riß er die einzelnen Halme heraus und streute sie über den schmutzigen Schnee; dann packte er die Wipfel der Bäume, die vor einem reichen Hause standen, und klopfte mit ihnen an das eiserne Dach. Ein Kaufmann, der zu dieser späten Stunde von einer Reise zurückgekommen war, hämmerte kräftig an die Fenster seines schlafenden Hauses. In der Nähe standen mehrere Hunde. Sie blickten einander freundlich in die Augen und wedelten mit den Schwänzen. Ein Hund löste sich von der Schar los und folgte dem Tauben und der Kuh; nun liefen auch alle anderen Hunde ihnen nach. Die Kuh begann zu rennen, der Taube nahm das Beil auf die Schulter und rannte ihr nach. Der Wind ließ die Wipfel der Bäume in Ruhe und begann den Tauben und die Kuh zu verfolgen. Der Taube, die Kuh und die Hunde rannten über Gräben, Misthaufen und Erdhügel und verschwanden im blassen Nachtnebel.

Am frühen Morgen fand man den Tauben tot auf dem Feld liegen; neben ihm lag die erschlagene Kuh der Milchhändlerin Peßje.

So furchtbar weinte diese Peßje: Die Leute möchten ihr doch sagen, ob es ihre Schuld sei, daß...

Sie kam nicht weiter und schluchzte. Die Leute standen nachdenklich da und schwiegen.

Glossar

Arschin	Russisches Gericht
Bejß-Hamidrosch	wörtl. Lehrhaus, zugleich Bethaus und Treffpunkt der Studierenden und Fremden.
Challe	Weißbrot, das zum Sabbatmahl gegessen wird.
Chasen	Vorbeter, Kantor
Cheder	jüdische Grundschule, in der die Kinder lernen, den Pentateuch, das Gebetsbuch und andere Bücher auf Hebräisch zu lesen.
Cheschwan	zweiter Monat im jüdischen Kalender, fällt auf den Spätherbst.
Chewre Kadische	die mindestens zehn Männer, die das Totengebet (Kadisch) sagen.
Elul	letzter Monat des jüdischen Kalenders, fällt auf September-Oktober.
Erew-Rosch-Haschono	Vorabend des Neujahrsfestes
Externer	Da den Juden in Rußland der Zutritt zu den Schulen außerordentlich erschwert war, nahmen viele junge Leute Privatunterricht, um später als »Externe« das Abitur zu machen. Der »Externe« war eine typische Figur in der jüdisch-russischen Provinz.
Furchtbare Tage	Neujahrsfest und Versöhnungstage
Gilden	alter polnischer Gulden, 15 Kopeken
Goj, gojisch	jiddische Bezeichnung für Nichtjuden, Ungläubige
Golem	durch Zauber zum Leben erweckte Tonfigur der jüdischen Sage.
Kapores	Hähne und Hennen, die am Vorabend des Versöhnungstages, gleichsam als Sündenopfer, geschlachtet werden.
Klaus	Betstube

Kronrabbiner	ist, im Gegensatz zum Row, kein geistliches Oberhaupt der Gemeinde, sondern nur ein vom Staat anerkannter Matrikelführer. In vielen Fällen unterscheidet er sich vom normalen russischen Beamten nur durch seine Konfession.
Kursistin	Hörerin der »Kurse« (Frauenhochschule)
Lamden	ein in jüdischen Wissenschaften beschlagener Mann
Liman	beliebter Badestrand und Moorbad bei Odessa
Litwak	Jude aus Litauen, wird von den polnischen Juden gern verspottet.
Maskil	»Aufgeklärter«
Melamed	Gelehrter, Lehrer, Dorfschullehrer
Mogejn-Dovid	»Schild Davids« – Hexagramm
Pessachzeit	Zeit um Pessach – jüdisches »Osterfest« zum Gedenken an den Auszug aus Ägypten, fällt ins Frühjahr.
Pristaw	russischer Polizeikommissar
Rosch-Haschono	Neujahrsfest
Row	Rabbiner
Sabbat Chanuke	Sabbat während Chanukah, dem achttägigen jüdischen Richterfest zur Feier der Wiedereinweihung des Tempels von Jerusalem, nachdem er durch Antiochus von Syrien entweiht worden war. Fällt meist auf Anfang Dezember.
Schadchen	Schächter = Schlachter, der nach den rituellen Vorschriften schlachtet und vom Rabbinat kontrolliert wird.
Schames	Bethaus- oder Gemeindediener
Schejchet	Schächter
Schiwe	die sieben Tage nach einem Todesfall, während derer die Hinterbliebenen auf niedrigen Schemeln sitzen.
Schul	Synagoge
Schwues	Wochenfest

Semstwo	Landstand, russisches Selbstverwaltungsorgan
Sliches	Bußpsalmen, die in den Tagen vor dem Neujahrsfest während nächtlicher Gebetsversammlungen gesungen werden.

Bemerkung zur Übersetzung

Die Übertragung von Alexander Eliasberg wurde geringfügig bearbeitet. Begriffliche und grammatikalische Besonderheiten, die dem Duktus des Jiddischen entsprechen, wurden beibehalten, um die Nähe zum Original fühlbar werden und dessen Eigentümlichkeit durchscheinen zu lassen.

Inhalt